세
상
을 편
돈 키호테로부터 력
하
두 는
기
사 이
야
기

돈
키호테로부터

세상을 편력하는

두 기사 이야기

베쓰야쿠 미노루 지음 | 송선호 옮김

성균관대학교
출판부

골계와 비참

　모델은 말할 것도 없이 돈 키호테다. 늙은 기사 돈 키호테가 낡은 갑옷과 투구로 무장하고 역시 늙어빠진 애마 로시난테에 걸터앉아 산초 판자를 데리고 황야를 헤매는 모습은 어릴 때부터 마음속에 강한 인상으로 남아 있었다. 원작을 읽고 그 내용을 알기 전에 이미 그 영상은 움직이고 있었다고 해도 좋을 것이다.

　게다가 풍차를 거인 브리아레오라고 생각하고 돌진한 후 곧이어 허공으로 튕겨져 날아가는 에피소드만으로도 골계와 비참 그 자체이며, 그럼에도 불구하고 고귀함을 지닌, 이 복잡한 인물을 어쩔 수 없이 좋아하게 되고 말았다. 어쩌면 돈 키호테야말로 신과 영웅과 괴물들이 사는 판타지의 세계에 출현한 최초의 인간다운 형상일지 모른다. 그렇기 때문에 우리는 무의식 중에 친근함을 느끼게 되는 것이다.

　돈 키호테는 '영웅 같은 익살꾼', 또는 '익살꾼 같은 영웅'이다. 판타지의 세계에서는 영웅이 익살꾼이 되거나 익살꾼이 영웅이 되는 일은 생각할 수 없기 때문에 그것을 그렇게 만들어가고 있는 현실과 우리는 절실하게 직면하게 된다.

　물론 영웅이 되기 위해서는 익살꾼이 되지 않을 수 없고, 역으로 익살꾼이 되어야만 비로소 영웅이 될 수 있다는 현실을 아이들은 견디기 힘들다. 그러나 성장해서 이런 일을 몇 번이고 되풀이하면서 비참한 결과를 얻은 후에 다시 되돌아보면 이 돈 키호테의 존재가 애처롭지만 좋아하지 않을 수 없는 인물로 여겨진다.

　돈 키호테는 우리들의 이런 마음속에서 지금도 세상을 편력하고 있다. 세상은 귀찮지만 그를 사랑하지 않을 수 없다. 어쩌면 이것이 정말 정의를 행하기 위한 단서가 될지도 모른다는 생각도 든다.

　그런데 돈 키호테가 두 사람이 되면 어떨까. 이런 생각에서 씌어진 것이 『세상을 편력하는 두 기사 이야기』다. 여기에는 당연히 '세 명이 된다면', '네 명이 된다면'이라는 무한의 가능성도 숨겨져 있다. 이 두 사람의 돈 키호테가 영웅이 되려고 서로 싸우는 데다가 현실은 영웅을 익살꾼으로 익살꾼을 영웅으로 만드는, 이를테면 건강한 반응을, 그러한 탄력성을 잃어버렸다면 어떻게 되는 걸까.

　'경원敬遠'이라는 말이 있다. 행동은 성가시지만 그 마음은 사랑하지 않을 수 없는 경우, 주위 사람들은 그 마음에 손상을 가하지 않

으면서 직접 부딪히지 않는 곳으로 몸을 뺀다. 그러나 돈 키호테에게만은 이것이 통용되지 않는다. 돈 키호테는 언제나 적극적으로 행동하는 데다 특히 그것이 두 사람이 되어 정의의 실행을 다투고 있는 경우라면 더욱 그렇다.

그런 이유로 이 두 기사는 질주한다. 누군가 멈추게 해줄 것이라고 암암리에 예상하고 있지만, 바로 문제의 현실은 이미 그것을 웃으면서 익살꾼으로 만들어줄 능력조차 잃었기 때문에 멈추게 할 수 있을지는 더욱 의심스럽다. 풍차는 거인 브리아레오가 아닐 뿐만 아니라 풍차도 아니다. 두 사람은 그대로 공허 속을 달려서 지나가지 않을 수 없다.

어쩌면 이것은 예전에 우리 앞에 바람처럼 나타나서 사람들에게 폐를 끼쳤지만 우리가 사랑할 수밖에 없었던 돈 키호테에 대한 진혼곡이라 해야 할지도 모른다. 우리들 현실은 돈 키호테를 편력기사로 맞아들일 정도의 유연성을 점점 잃어가고 있다.

2005년 2월
베쓰야쿠 미노루

　베쓰야쿠 미노루 씨의 『세상을 편력하는 두 기사 이야기諸国を遍歴する二人の騎士の物語』를 처음 읽게 된 것은 역자가 참여하고 있는 '희곡낭독공연회'에서 일본의 현대 작가를 소개하기 위해 몇몇 작가의 작품을 검토하던 때였다. 당시 역자도 잘 모르고 있던 이 작품을 연출가 이병훈 선생이 추천하여 베쓰야쿠 씨의 다른 후보작들보다 먼저 번역하게 되었고, 이어 초역한 대본을 2003년 9월 최용훈 연출로 시어터 제로에서 낭독하였다. 그 후 진작부터 작품에 관심을 보여오던 극단 컬티즌 제작으로 공연이 성사됨에 따라 번역희곡 역시 몇 차례 수정을 거친 후 출판으로 결실을 보게 된 것이다.

　'돈 키호테로부터'라는 부제가 달려 있는 이 희곡은 일본 신극계의 두 노배우를 위해 쓴 작품으로 1987년 초연 당시 상당한 관심 속에 공연되어 요미우리讀賣 문학상을 받은 바 있고, 2004년 11월에는 극단 세이넨자青年座에 의해 공연되기도 했다. '돈 키호테'가 모티브이긴 하지만 '현대'라는 시대에 대한 작가의 인식이 토대를 이루고 있기 때문에 이야기는 기묘한 시공간 속에서 원작과는 전혀 다르게 전개된다. 인간과 사회의 어둡고 우울한 내면을 희극적으로 묘사

해내는 베쓰야쿠 특유의 기질이 잘 드러나 있다는 점과 베케트 Samuel Beckett의 영향이 짙게 느껴지지만 인간 존재의 한계를 겸허하게 받아들이는 동양적 세계관이 근간을 이루고 있다는 점에 특히 주목하고 싶은 희곡이다.

연극계에는 이미 잘 알려져 있는 작가이지만 번역희곡이 출판되는 것은 처음이 아닌가 생각된다. 일본의 서구 현대극 수용 양상을 탐색하는 과정에서 빼놓을 수 없는 작가라는 점에서 앞으로 주요 작품의 체계적인 번역이 이루어지기를 기대하며, 역자 또한 작가에 관한 소개를 향후의 과제 안에 포함시키고자 한다.

출판과 공연에 흔쾌히 동의해준 작가 베쓰야쿠 씨와 연보 정리를 도와준 기무라 노리코木村典子 씨, 그리고 성대 출판부와 전수련 씨에게 다시 한 번 감사드리며, 매끄럽지 못한 번역에 대해서는 독자 여러분들의 질정이 있기를 바란다.

2005년 3월

차례

등장인물

기사 1

기사 2

종 1

종 2

의사

간호사

목사

여관 주인

그 딸

1장

황야의 한 귀퉁이. 마른 나무 한 그루가 서 있다. '이동식 간이 숙박업소'라는 지저분한 간판이 걸려 있다. 옆으로 소박한 침대가 두 개. 그 위에 낡고 찢어진, 작은 천막 지붕. 그 옆으로 사무용 책상과 의자. 책상 위에 간단한 필기구와 숙박계, '안내'라고 쓴 명패가 놓여 있다. 그 앞에 테이블과 의자 몇 개. 테이블 위에는 컵과 주전자. 뒤에는 거대한 검은 풍차의 실루엣.

흰 가운을 입고 청진기를 걸고 머리에 반사경을 쓴 의사가 검은색 큰 가방을 든 간호사를 데리고 나타난다.

의사   이봐, 보라구. 여기 뭐라고 씌어 있다고 생각하지…? (간판을 읽으려 하면서) 그러니까…

간호사   이동식 간이 숙박업소예요.

의사   맞아. 이동식 간이 숙박업소. (주위를 둘러보며) 그렇게 씌어 있다는 게 뭘 말하는지 아나?

간호사   이런 데서 자는 거예요, 오늘?

의사   그게 아니야. 자네, 나하고 함께 일한 게 몇 년째지? 이런 곳에 묵으러 오는 손님은 거의가 병에 걸려 있다구. 그것도 무거운 병에…

간호사   하지만 아무도 없는데요.

의사   지금은 없지. 하지만 곧 올 거야. 어쨌든 여기는, 이동식… (잊어버렸기 때문에 다시 한 번 간판을 보려 한다) 이동식…

간호사　간이 숙박업소예요.

의사　간이 숙박업소이기 때문에. 그러니까 누군가 여기서 묵고 싶어 하니까 이놈도 여기에 이런 걸 만들고… 그런데 주인도 없네.

간호사　벌써 이동해 버린 거 아닌가요?

의사　무슨 소리… 이동식 간이… (잊어버려서 다시 한 번 간판을 보려고 한다) 이동식 간이…

간호사　숙박업소예요.

의사　숙박업소야. 그건 이대로 이동한다는 의미니까 말이야. 주인만 이동하고 간이 숙박업소는 남는, 그런 터무니없는 경우가 있을 리 없지 않은가… 나는 그렇게 생각하는데… 없나, 어딘가 이 근처에…

간호사　(약간만 둘러보고) 없는 것 같은데요.

의사　알았다.

간호사　돌아가신 건가요?

의사　바보 같은 소리. 만약 죽었다 하더라도 가족이라든가 뭐 그런 게 있을 거 아냐. 그게 아니고, 병이야, 이건…

간호사　병이요?

의사　그것도 급작스런 병이야. (주위를 점검하며) 약간의 추리로도 알 수 있지. 모든 걸 그대로 놔두고 서둘러 나간 것으로밖에는 보이지 않잖아. 갑자기 통증이 온 거야, 아랫배 이 부분을 이렇게 잡고 있었을 거라고 생각되지 않아?

간호사　누가요?

의사　주인이.

간호사　글쎄요.

의사　그렇다면 맹장이야. 전문적으로 말하면 충수염이지. 어쩌면 이미 파열돼서 복막염을 일으켰을지도 모르겠는데. 야, 큰일이군. 그러면 큰 수술이잖아. 자네, 설파제는 준비해 왔지?

간호사　네, 가져온 것 같은데… (가방을 놓고 안에 있는 것을 꺼내려 한다)

의사　(막으며) 아직 괜찮아. 그런 이유로 가족들이 데리고 서둘러 나갔다는 얘기야. 복막염이면 약간 고통스러워 하니까. 이 테이블하고 (사무용 책상을 가리키며) 저걸 합치면 그런대로 수술대로 사용할 수 있겠지. 어떤가?

간호사　이걸 그쪽으로 붙인다구요?

의사　아직 괜찮다고 했잖아. 그냥 맹장일지도 모르니까… 어쨌든 그놈은 지금 근처를 헤매고 있어, 의사를 찾아서…

간호사　하지만 이 근처에는 없잖아요, 의사가…

의사　네 눈앞에 있는 건 뭔데?

간호사　물론 선생님은 제외하구요.

의사　그러니까, 그러니까 결국, 나한테 도움을 청하러 오지 않을 수 없다는 거야.

간호사　알려주지 않아도 될까요. 선생님이 여기 계시다는 걸…

16

의사	(의자에 앉으며) 너한테 몇 번이나 말했을 텐데…? 의사란 환자로 하여금 발견하도록 해줬을 때 고마움이 증가되는 거야. 그러니까 놈들이 와도 환자를 찾아서 돌아다니고 있는 듯한 얼굴을 해서는 안 돼. 의사가 아닌 것 같이, 응? 우연히 여기 있었던 것처럼. 결국 놈들이 이쪽으로 와서… 어느 쪽으로 오는 거야, 놈들이…?
간호사	글쎄요… 모르겠는데요.
의사	뭐, 어느 쪽도 상관없지만… 우리는 그쪽이 아닌 쪽을 향하고 있어야 돼. …그러면 놈들이 와서 저쪽을 보고 있는 우리를 발견하고 혹시 의사 선생님 아니세요, 그렇습니다만. 아아, 잘됐다, 이런 식으로. 알겠지? 의사를 하기 잘했다는 생각이 들 때는 바로 그럴 때야. … (테이블 위의 주전자를 들어 보고) 이거, 물인가?
간호사	그런 거 같은데요.
의사	마셔도 괜찮을까?
간호사	이 여관 물건이잖아요?
의사	그건 알고 있지만, 지나가는 사람들을 위해서 서비스로 놔둔 거라는 생각은 안 드나?
간호사	안 드는데요.
의사	음… 나도 안 들어.
간호사	여기 묵는 사람늘을 위해서 놔둔 기게요.
의사	그렇겠지… 하지만, 어떨까. 그런 거라면 말이야, 이 물에

17

약간 작업을 해놓으면 묵는 놈들이 밤중에 설사를 한다든
가… 그치, 그것도 불가능한 건 아니야.

간호사   하지만 선생님, 그런 일을 하지 않아도 이런 곳에 묵는 손님
들은 거의 환자라고 말씀하셨잖아요.

의사   당연하지. 환자긴 하지만 그걸 알고 있는 놈이 많지 않거든.
괜찮아. (가방을 가리키며) 그 안에 뭔가 있지. 그거 비슷한,
설사약 같은 거… (일어선다)

간호사   (가방을 감싸 안으며) 안 돼요.

의사   왜?

간호사   그런 짓을 하면… 항상 선생님은, 치료도 못하시잖아요.

의사   치료할 수 있어. 이건, 그저 설사니까. 이질이나 콜레라에
걸리게 하는 게 아니니까. 만에 하나 치료하지 못해도 설사
약 조금 먹이는 거니까. 가만히 놔두면 그냥 낫는 거야. 어
쨌든 그거 이리 줘…

간호사   싫어요. (도망친다)

검은 박쥐우산을 쓰고 더러운 주머니를 어깨에 걸친 목사가 성경책
을 읽으며 나타난다.

목사   무슨 일입니까?

의사   아니, 아무 일도 아닙니다. (간호사에게) 이쪽으로 와.

간호사   예. (앉는다)

목사	(주위를 둘러보며) 환자는 어디 있습니까?
의사	환자 같은 거 없습니다, 아무데도.
목사	설마, 벌써 돌아가신 건 아니겠죠?
의사	환자가 없는데 죽을 리 없잖습니까? 뭡니까, 당신은?
목사	순회목사입니다. 이 근처를 돌아다니다 임종을 맞는 사람들을 위해 기도해 주는 것이 제 임무죠.
의사	어째서 우리 뒤만 쫓아다닙니까?
목사	쫓아다니는 게 아닙니다. 저는 그저 하늘이 명하는 대로 돌아가실 분이 있을 만한 곳을 걸어 다닐 뿐입니다. 그러다보면 웬일인지 당신들이 먼저 와 있는 거죠.
의사	다른 데로 가 주세요. 어쨌든 여긴 아직 아무도 없으니까.
목사	하지만 여기는… (간판을 읽으려 한다) 그러니까…
간호사	이동식 간이 숙박업소예요.
목사	그렇습니다. 이동식이죠. 그러니까 간이 숙박업소입니다. 그게 뭘 뜻하는지 아십니까? 이런 곳에 묵으러 오는 사람은 자주 돌아가십니다, 밤중에 덜컥… 의사가 치료한 보람도 없이, 그런 겁니다. (앉아서 주전자를 가리키며) 이 물에 벌써 뭔가 넣었습니까?
의사	안 넣었어요.
목사	그럼, 한잔 얻어 마셔볼까. (컵에 따른다) 목이 타서요.
간호사	하지만 그건, 이 여관 주인이 손님들을 위해서 준비해 둔 건데요?

목사	그렇겠군… (컵의 물을 다시 주전자에 부으며) 역시 벌써, 뭔가 넣었군.
의사	바보 같은 소리 집어치우시오. 아무것도 넣지 않았어요, 우린… (간호사에게) 무슨 소리 하는 거야, 너는.
간호사	전 이 물이, 이 여관 주인이 준비한 거라고 말했을 뿐이에요.
목사	어쨌든 넣은 게 설사약 같은 거죠?
의사	그러니까, 설사약을 넣을까 의논은 했지만 넣지 않았어요. 안 넣었습니다, 아직 아무것도… (간호사에게) 그렇지?
간호사	예.
목사	넣었어요.
의사	안 넣었어요.
목사	괜찮아요. 저는 뭐 특별히 비난할 생각은 없습니다.
의사	비난해? 왜 비난을 해요? 우리는 넣지 않았습니다.
목사	그러니까 저도 비난하는 게 아니라고 하지 않습니까. 당신들이 당신들 장사를 위해서 노력하는 건 좋은 일입니다. 저는 당신들이 여기에 청산가리를 넣었다고 하더라도 놀라지 않습니다.
의사	청산가리고 뭐고, 설사약도 넣지 않았다니까, 우리는… (간호사에게) 이봐, 안 넣었지?
간호사	'안 넣었지'라니, 선생님도 아시잖아요. 저는 싫다고 했어요.
의사	싫다고 했어. 그러니까 나도 그렇구나 하고 생각해서 그만

됐잖아. (목사에게) 진짜예요, 이건… 우린 넣지 않았어요.

목사 괜찮다고 하잖아요. 청산가리라도…

의사 청산가리가 아니야. 설사약도 넣지 않았어요. 우리들은… 당신 아닌가요? 설사약이 아니라 청산가리를 넣고 싶다고 생각하고 있는 게. (간호사에게) 그러면 우리 손을 거치지 않고 직접 저자의 손님이 되니까.

목사 마찬가집니다. 예를 들어 그것이 그냥 설사약이라 하더라도 어차피 당신은 설사 환자도 치료할 수 없으니까요. 결국 제 손님이 되는 겁니다.

의사 죄송한 말씀입니다만, 만에 하나 치료하지 못하더라도 저희들 경우는 진찰료만은 받을 수 있지요.

목사 그게 바로 당신들 장사의 무책임한 점입니다. 자랑은 아닙니다만 저희들 경우는 성공보수제입니다. 만약 그 사람이 기도를 했는데도 돌아가시지 않는다면 돈은 돌려드립니다.

의사 (간호사에게) 잘 들어. 오늘 밤 설사 환자만큼은 어떠한 일이 있어도 절대로 치료해 보일 테니까…

간호사 하지만 선생님, 우린 아직 설사약을 넣지 않았는데요.

의사 그렇군.

목사 넣었어요.

의사 넣지 않았어요.

어느 틈엔가 식료품을 넣은 커다란 바구니를 든 여관 주인이 와 있다.

주인　뭘 넣었다구? (주전자를 들고 들여다본다)

의사, 목사, 간호사, 모두 깜짝 놀라 일어선다.

의사　아니 아니, 지금 우린 거기에 아무것도 넣지 않았다는 걸 설명해줬다구.

주인　(컵을 보고) 누군가, 마신 거 같은데?

목사　천만에. 아니, 분명히 마시려고 거기다 따랐지만 (간호사를 가리키며) 저 사람이 그 물은 이 여관 거라고 해서 그만뒀어.

주인　(목사에게) 당신이야, 마신 사람이?

목사　그러니까 지금, 마시지 않았다고 얘기하고 있잖아.

주인　그래? 그럼 됐고… (다시 세 사람을 보고) 당신들, 묵을 건가?

의사　그게 아니고… 물론 묵게 해주면 좋은데, 그것보다 여기 묵으러 오는 손님이 아프거나 하면 우리가 있는 편이 마음이 놓이지 않을까 해서…

주인　그럴 거라고 생각했어. (바구니를 정리하는 등 일을 시작하면서) 내가 여관을 시작하면 반드시 손님보다 먼저 장사꾼들이 모여들지. 당신들 같은 사람들만. 그런데 오늘 밤은 틀렸어.

목사　틀려? 왜?

주인　풍향이 나빠. (검지를 빨아서 하늘에 대고) 봐, 이쪽에서 이쪽으로 불고 있지?

세 사람 각기 손가락을 빨고 따라해 본다. 황야를 가로지르는 바람이 불고 여기서부터 점차 공간이 음영을 더해 농밀하게 변한다.

주인   그러니까 오늘은 이놈을 서쪽에 세웠어야 했어. 분명히 지금 이 근처를 헤매고 있는 건 네 명 정도야. 하지만 그놈들은 모두 바람에 밀려서 저쪽으로 빗겨 가. (다시 일을 하면서) 그러니까 당신들도 포기하는 게 좋을걸… 오늘 밤은 환자도, 죽는 사람도 없어.

의사   그럼, 우리도 거들 테니까, 지금부터 그 네 사람이 오는 서쪽으로 이걸 이동하면 어떨까?

목사   저도 돕겠습니다.

주인   (일을 하며) 당신들 몇 년이나 이 일을 해왔는지 모르지만 장사가 뭔지 모르는구먼. 적어도 여관이라는 건 말야. 손님으로 하여금 찾도록 해줄 때 고마움이 커지는 거야. 여관이 손님을 쫓아가면 안 되지.

목사   그럼, 어떻게 하지?

주인   기도라도 열심히 해봐야지 뭐, 바람 방향이 바뀌게…

바람 소리에 섞여 멀리서 '즐거운 나의 집Home Sweet Home'이 들려온다.

간호사　저건 뭐지?

의사　여자야. 무지하게 고통스러워하는 것 같은데…

목사　도움을 청하고 있는지도 몰라.

간호사　저는 노래를 부르고 있는 것처럼 들리는데요.

　　　잠시 후 노래는 점점 가까워지고 양산을 쓴 여관집 딸이 천천히 나타난다. 멍하니 쳐다보고 있는 세 사람을 무시하고 테이블을 돈 후 무대 중앙 부근에서 노래를 멈춘다.

딸　（거의 정면을 향한 채） 아버지, 드디어 왔어요. 우리가 학수고대하던 손님이…

의사　아버지라니… 나 말인가?

주인　나야 나. 무슨 말하는 거야. 당신, 딸 있어?

의사　없어. 그러니까 이상하다 했지, 나도…

주인　내 딸이야. 건드리지 마, 더러운 손으로. （딸에게） 어느 쪽에서?

딸　（가리키며） 저쪽에서…

주인　그렇군… 바람 방향이 바뀐 거야.

딸　바람은 바뀌지 않았는데 제 노래를 듣고 돌린 거예요.

주인　돌린다구. 그런 손님이 있다니까. 어떤 놈이었지?

딸　기사하고 그 종이에요.

주인   기사라니, 그게 뭐지?

의사   기사라는 건…

주인   당신한테 물은 게 아냐.

의사   실례…

딸   기사란 말을 타고, 창을 들고, 투구를 쓰고, 종을 데리고, 악
         당을 응징하려고 세상을 편력하는 사람이에요.

주인   나쁜 예감이 드는군.

목사   말을 타고 있어?

딸   아니요.

의사   창을 들고 있던가?

딸   아니요.

간호사   그런데 어떻게 기사야?

딸   투구를 쓰고 있어요.

간호사   그것뿐이야?

딸   거기다 종도 데리고 있어요.

주인   싸움 잘하게 생겼던가?

딸   종이요?

주인   기사가.

딸   겨우 움직이는 느낌이었어요.

의사   그러면 됐어.

주인   종은?

딸   겨우 살아 있는 것처럼 보였어요.

목사	희망이 용솟음치는군.
주인	뭔가 될 것 같군.
딸	그래서 저는 그 두 사람이 여기까지 무사히 올 수 있을지가 걱정이에요.
주인	그렇게 심하던가?
딸	네… 처음 봤을 때 고목 두 그루가 서 있는 줄 알았어요. 그런데 자세히 보니까 그게 움직이는 거예요.

바람이 분다.

간호사	산 너머 산이겠네요…
의사	(주인에게) 좀 확인해 두고 싶은데, 저 사람들이 여기 도착하기 전에 꼴까닥해버렸다고 치자, 그래도 저 사람들은 당신 손님인가?
주인	당연하지. 이쪽으로 오는 사람은 모두 내 손님이야.
의사	그럼, 마지막 맥은 내가 짚을게.
목사	그 다음에 내가 기도하면 되겠네.
딸	가서 보고 올까요? 아직 움직이고 있는지…?
의사	그게 좋겠네.
주인	아니야, 기다려.
목사	기다리다 안 오면?
주인	안 오면 그때 주우러 가면 돼. 어쨌든 일단 모두 좀 비켜줘.

손님 맞을 준비를 해야 하니까.

의사 　상관없잖아 여기는, 전부 모여서…

목사 　맞아…

주인 　저건 내 손님이야. (딸에게) 테이블… (자기는 사무용 책상으로)

딸 　예. (양산을 접고 앞치마를 하고 행주로 테이블 위를 닦으려 한다)

목사 　우리들 손님이기도 하니까…

주인 　(일을 하면서) 내 딸이 노래를 불러서 이쪽으로 방향을 돌린
　　　거야. 그렇지 않았다면 바람에 날려서 그대로 저쪽으로 흘
　　　러가 버렸을 거야.

간호사 　왔어요.

주인 　왔어?

의사 　벌써?

간호사 　그런데, 저걸까?

"물러서라, 물러서라" 하는 소리가 나고, 뭔가 멀리서 다가오는 기
척…

주인 　진짜다. 왔다. 조심해. 일 났군. 어이, 그 테이블 치워. 주전
　　　자 들고. 의자도. 빨리. 위험해. 어이…

리어카 위에 의자를 놓고, 거기에 찌그러진 세숫대야를 투구처럼 쓰
고, 더러운 천을 끝에 붙인, 긴 지팡이를 짚고 기사1이 앉아 있다. 역

시 찌그러진 냄비를 쓴 종1이 리어카를 끌고 쿵쿵거리며 달려온다.

종1   물러서라, 물러서라, 물러서라, 물러서라, 물러서라…

기사1   (앞에 있는 뭔가를 위협하듯 소리친다) 이야-앗!

주인의 말에 따라 딸이 주전자와 컵을, 목사와 주인이 테이블을, 의사와 간호사가 의자를 들고 아슬아슬하게 리어카가 들어오도록 길을 열어준다. 리어카, 그대로 지나간다.

의사   뭐야, 저건?

주인   (딸에게) 지금 지나간 게 그거야?

딸   아니에요. 내가 본 건 분명히 더 가늘고, 더 느렸어요.

목사   저게 아니라서 다행이야. 겉보기보다 대단할 것 같진 않지만, 어쨌든 무대포잖아…

각자 의자와 테이블을 원래 위치대로 옮기며…

딸   제가 본 건 가늘고 느린 데다 더 조용하고 지적이고…

간호사   (돌아보며) 그럼, 저건가?

딸   (틈 사이로 보고 확인한 후) 맞아요, 저거예요.

의사   어떤 거?

딸   (가리키며) 그러니까, 저기…

의사	응…? (각도를 바꿔서 보고) 저게… 그거야?
주인	뭐가 그거라는 거야?
간호사	안 보여요? 저기… 그렇게 먼 데가 아니고, 바로 저기…
주인	아아…
목사	안 움직이잖아?
딸	움직여요. 가만히 보고 있으면, 움직이고 있다는 걸 알게 돼요.

전원, 가만히 본다.

의사	(고꾸라지며) 어… 진짜다, 움직였어.
딸	그죠…
주인	의외로 빠르지 않은가?
목사	아까 그 정도는 아니지만, 그죠?
간호사	하지만 다른 한쪽은 안 움직여요.
딸	그것도 움직여요. 조금 있으면…
의사	상태가 나쁜 거 아닐까…
주인	자, 모두 어디로든 가줘.
목사	괜찮잖아.
의사	아픈 걸 수도 있고…
딸	놀랄 거예요, 손님들이 너무 많이 계시면…
주인	놀란다니까. 난 내 손님을 놀라게 하고 싶지 않아.

주인에게 밀려서 세 사람이 좀 뒤로 물러서려 하는데, 찌그러진 세 숫대야를 쓰고, 너덜너덜한 망토를 걸치고, 더러운 천을 끝에 매단, 긴 지팡이를 짚고, 기사2가 천천히 나타난다.

기사2   야아, 모두… 놀랐는가? 놀라지 않아도 돼. 일개사단이 공격해 온 게 아니니까… (천천히 걸으며) 그래도 당신들, 그쪽에 있는 것들을 망가뜨리고 싶지 않으면 서둘러서 치우는 게 좋을 거야. 왜냐하면 지금부터 내가 질풍처럼 이곳을 달려서 지나갈 테니까… (다시 한 번 말투를 확인하며) 질풍처럼 말이야… (다가온 딸에게) 좀 말해봐 주겠나?

딸   질풍처럼… (기사2의 몸을 부축하며)

기사2   맞아. '바람처럼'이라는 뜻이야. 그것도 질풍이니까… 눈에 보이지도 않는 거야, 이건… 모두들 뭘 하고 있는가?

딸   손님을 기다리고 있었어요.

기사2   기다려도 소용없어. 난 달려서 지나가니까… 바람처럼… 망토를 펄럭이면서… 망토가 펄럭이는 게 보이나?

딸   예, 하지만 모처럼 오셨으니 잠시 쉬어가시는 건 어떠실지요? 저쪽도 상당히 지쳐 보이는데…

기사2   저쪽이라니? (오른쪽을 가리키며) 저거?

딸   예.

기사2   저건 이미 틀렸어.

벌써 테이블에 다가와 있다. 테이블 근처에 주인. 세 사람은 주인에게 쫓겨나 왼쪽 나무 근처에…

주인   틀렸다 하심은…? (자연스럽게 의자를 권한다)

기사2   (자연스럽게 앉으며) 숨이 끊어졌어, 저기서… '끝내' 라는 말 있잖아 왜…

목사   (무심코 다가와서) 돌아가셨습니까? (주인에게 쫓겨난다)

기사2   생각이 있으면 나중에 모래나 한 줌 뿌려주든지…

딸   하지만 지금까지 손님과 함께 여행을 하신 거 아닌가요?

기사2   (약간 침울하게) 맞아. 이렇게 됐기 때문에 하는 말은 아니지만… 어쩔 수 없는 놈이었어, 저놈은…

주인   그래도 짐 같은 건…

간호사   잠깐만요. 움직였어요, 지금…

의사   움직였어?

딸   정말…, 움직이고 있어요.

기사2   걱정하지 않아도 돼. 단말마라는 거야. 그러니까, 인간이라는 건 죽기 전에 조금 움직여 보고 싶어지는 거야. 살아 있는 게 아냐. 그냥, 움직이고 있을 뿐이니까…

간호사   하지만 걷고 있어요.

목사   이쪽으로 오려고 하는 거 아닌가?

주인   (기사2에게) 어떻게 할까요?

기사2	가만있자… 어딘가 그 근처에 막대기 같은 거 없나?
주인	막대기 말입니까? (둘러본다)
딸	막대기로 뭘 하시게요?
기사2	(자기가 가진 지팡이를 생각해내고) 아, 이게 좋군. 이걸로… (주인에게 건넨다) 저놈의…(후두부 근처를 가리키며) 여기를 탁 때리고 와.
의사	죽이는 겁니까?
기사2	죽이는 게 아니야. 저놈은 벌써 죽었으니까… 단지 그런 사실을 모르고 있으니 알게 해주려는 것뿐이야.
딸	손님 쪽을 보고 웃고 있어요.
기사2	웃어?
딸	네.
기사2	왜 웃지?
주인	모르겠는데요…
간호사	기쁘지 않으세요? 움직일 수 있게 돼서…
기사2	정말 꼴 보기 싫은 놈이야… 저놈이 움직일 수 있다 해도 기쁠 게 없지. 그런데도 저놈은 내가 기뻐하고 있다고 생각하는 거야. 이봐, 알겠나, 저놈이 와도 없는 척하자.
목사	그러면 어떻게 되는데요?
기사2	그러면 저놈도 여기는 아무도 없다고 생각하고 어디로든 가버릴 거야.
종2	야아, 안녕하세요.

찌그러진 냄비를 쓰고, 더러운 자루를 메고, 짧은 지팡이를 짚은 종2가 거의 기는 것처럼 나타난다.

기사2   모두 없는 거야.

종2   (그 말에 개의치 않고 테이블 쪽으로 다가서면서) 죄송합니다, 늦어서… 원래는 제가 먼저 도착해서 우리 주인님이 오시니 잘 부탁드린다고 얘기해야 하는데, 공교롭게도 저기서 구두 끈이 끊어지는 바람에…

기사2   (모두에게) 거짓말이야.

종2   (무시하고) 오늘 아침부터 끊어질 것 같다, 끊어질 것 같다 하고 생각했는데, 그대로 돼버렸지 뭡니까… 어쩔 수 없으니 주인님께 먼저 가시라고 하고는… 이야… (딸에게) 아름다운 분이시군요. 혹시 당신은 이 여관집 따님이 아니십니까?

딸   네, 그런데요… (도망친다)

종2   물론 저는 주인님을 먼저 가시게 하고 만일 주인님께 무슨 일이 생기면 즉시 달려와서 적을 무찌를 생각이었습니다. (주인에게) 당신이 이 여관 주인이신가요?

주인   그래. (도망친다)

종2   그게 바로 기사를 따라 여행하는 사람의 임무입니다. 만약 우리 주인님이 여관에서 준비한 물을 마시고 죽는다면…

(테이블 위에 있는 주전자를 가리키며) 그렇다고 이걸 말하는 건 아니에요, 저는… 그 시체를 매장하기 전에… 물론 한 줌의 모래를 뿌리는 정도의 예는 갖추겠지만, 누가 이 속에 독을 넣었는가…

의사 아무것도 넣지 않았어요, 그 속엔…

종2 (주전자를 들여다보며) 빈 겁니까, 이건…?

목사 아니, 물은 들어 있습니다만…

종2 그러니까, 그 물에 누가 독을 넣었으며, 누가 그걸 우리 주인님께 마시게 해서, 죽였는가 하는 겁니다.

기사2 입 다물게 해, 저놈…

종2 그것을 저는 여기서 파헤치고자 하는 겁니다. 알겠습니까? 왜 그것을 파헤치지 않으면 안 되는가를 말하자면…

기사2 입 다물게 해.

주인 하지만 없잖습니까, 우리는…

기사2 그래도 지금 있으니까…

종2 (간호사에게) 당신입니까, 독을 넣은 게?

간호사 아니에요.

기사2 이봐…

의사 (종2에게) 입을 다물라고 그러는데요, 저분이…

종2 다물겠습니다, 물론… (짐을 내린다)

주인 (그것을 받아서 안으로 옮기려 하면서) 입 다물었습니다.

종2 나도 말하고 싶어서 말하는 게 아닙니다. 하지만 우리 주인님은 잠깐만 말을 하지 않으면 죽은 게 아닌가 하고 생각하십니다. 그렇기 때문에 저는 말하고 싶지 않아도 주인님이 죽었다고 생각하지 않도록 언제나 주인님이 그렇게 생각하기 전에…

기사2 전혀 입 다문 게 아니잖아.

주인 (안에서 나와서) 입 다물어.

종2 예. (의자에 앉아서 테이블에 얼굴을 대고 엎드린다)

기사2 들어봐. 나는 이놈을 보고 있으면 가끔 세상에는 없는 편이 나은 인간도 있지 않은가 하는 생각이 들어.

딸 하지만 당신 종이잖아요?

기사2 그러니까… (투구를 벗으려 하며) 잠깐, 이 투구를 좀 벗자. 이 근처에는 우리한테 해를 끼칠 사람이 없는 것 같으니… (딸에게 거들게 하여 벗는다) 이놈하고 같이 있으면 그냥 그 근처에 서 있는 것만으로도 인생 최대의 시련을 겪고 있다는 생각이 들어.

목사 (종2에게 다가가서) 대단히 피곤한 것 같습니다만…

기사2 (투구를 치우려고 하는 주인에게) 그쪽 어딘가에 놔둬 주게. 유사시에 곤란해지니까. (목사에게) 피곤한 게 아니야. 이놈은 말이지, 피곤하다는 게 뭔지 모른다구.

의사 잠깐 진찰해도 괜찮습니까?

기사2 좋고말고… 진찰하는 것은 자유야. 나 언제나 이놈을 자유로운 연구 대상으로 사람들에게 제공해왔으니까, 물론, 공

	짜로 말이야.
의사	공짜라니… 이런 경우는 공짜가 아닙니다만…
기사2	그럼, 돈을 주는 건가?
의사	아니요 아니요, 그게 아니고…
간호사	(그 사이 종2의 맥을 짚고 있다가) 어머나…
의사	뭐야?
간호사	맥이 안 뛰어요.
의사	맥이 안 뛰어?
간호사	네. (무서워하며 일어난다)
주인	죽은 거야?
간호사	맥이 안 뛰니까요.
목사	좀 전까지 그렇게 멀쩡했는데…
종2	그러니까… (귀찮은 듯 얼굴을 들고) 그러니까 말했죠? 내가 잠시만 말하지 않아도 저의 주인님은 죽은 게 아닌가 생각하신다고…
기사2	내가 아니야. 죽었다고 한 건…
종2	어쨌든 저는 말하지 않으면 안 됩니다.
기사2	말하지 않아도 돼. (간호사를 가리키며) 얘는 네가 말을 안 해서 죽었다고 생각하는 게 아니라 맥이 안 뛰니까 죽었다고 생각하는 거야. (간호사에게) 알아듣겠어, 이놈은 원래 맥 같은 거 없어.
간호사	맥, 없어요?

기사2	없어. 그러니까, 맥이 없다고 죽은 걸로 생각해서는 안 돼. 죽었는지 살았는지를 알려면 말을 하는가 말을 하지 않는가 하는 것을…
종2	그래서 저는, 말을 하지 않으면…
기사2	시끄러워. (간호사에게) 그리고 말을 하지 않아도 살아 있는 경우는 있는 거야. (종2에게) 그러니까, 됐어, 이제 조용히 해.
종2	알겠습니다. (다시 앉아서 테이블에 얼굴을 숙인다)
기사2	저놈에 대해 참견하는 건 대강 그 정도로 해둘 수 없겠나? 살아 있지 않은 편이 낫다고 생각되는 놈만 살고 싶어한다니까.
의사	죄송합니다만… 맥이 안 뛴다면 이분은 어떻게 살아 계시는 걸까요?
기사2	어떻게 살아 있는지는 내가 알고 싶어. 혹시 맥이 뛰는 대신 말을 하는 게 아닐까?
종2	(얼굴을 들고) 말할까요?
기사2	아니.
종2	아아… (다시 고개를 숙인다)
기사2	어쨌든 이놈한테 참견하는 걸 그만두는 게 아니라 이놈에 대해 얘기하는 걸 그만두자. 이놈에 대해 생각하는 것도 그만둬.
딸	(안에서 나와 기사2에게) 그럼 이제, 식사 준비를 해도 괜찮겠

습니까?

기사2　식사라는 게 뭐지?

딸　식사라고 하는 건…, 저… 네? 실례지만 지금 식사가 뭐냐고 물으셨나요?

기사2　물었어.

딸　그러니까 식사라는 건 말이죠…, 이런 식으로… (뭔가 알 수 없는 손놀림으로) 예를 들어, 이쪽에 잡고 있는 게 포크고, 이쪽 손에 잡고 있는 게 나이프라고 한다면…

쨍그랑쨍그랑 금속이 부딪치는 소리가 들려오면서 냄비 투구를 쓰고, 금속 갑옷과 정강이받이를 착용하고, 거기에 포크와 나이프를 달고, 허리에 쇠사슬을 감고, 녹슨 창을 든 종1이 로봇처럼 들어온다. 한차례 지나갔던 사람이 정장을 하고 다시 나타난 것이다. 냄비에 구멍이 두 개 뚫려 있어 거기로 전방이 보이게 되어 있지만 잘 보이지 않는지 낌새를 살피려 하고 있다.

종1　(멈춰 서서 누군가에게) 안녕하세요. 누구 계십니까? 분명히 이 근처에 누군가 있을 텐데… 이상하네. (쨍그랑쨍그랑 소리를 내면서 어색하게 방향을 바꾼다) 아무도 안 계십니까?

기사2　계신데…

종1　아아, 계십니까. (소리 내며 움직이면서) 어디죠?

기사2　여기야.

종1   뭐야, 그쪽인가? 저는 또 이쪽이라고 생각해서… (소리 내며 움직여서) 안 계시지 않습니까?

기사2   그쪽이 아니야, 이쪽이야.

종1   (움직이며) 어느 쪽입니까?

주인   이쪽이야, 이쪽. (컵으로 테이블을 두드려 보인다)

종1   그러니까, 그쪽 이쪽이 아니라 남쪽이라든가 북쪽이라든가 동이든가 서든가… 아, 계십니다.

기사2   뭐야, 당신은?

종1   왔습니다.

기사2   온 건 알아. 오는 방식이 굉장했으니까. 내가 묻는 건 뭐 하러 왔냐는 의미야. 설마 꽃을 팔러 온 건 아니겠지.

종1   꽃을 팔러 온 게 아닙니다. 결투를 하기 위해 왔습니다.

기사2   결투?

종1   예.

기사2   누구하고?

종1   당신하고 말입니다.

기사2   그러면 어떻게 되는데?

종1   '그러면'이라는 말은 결국 '결투에 이기면'이라는 뜻입니까?

기사2   뭐, 그렇다고 할 수 있지.

종1   결투에 이긴 쪽이 저 사람을 자유롭게 해 줍니다

물론 종1은 딸을 말한 것인데 기사2는 주인이라고 생각한다.

기사2   (주인을 가리키며) 이놈 말인가?

종1   네.

기사2   이놈을 자유롭게 하는 거라면 지는 쪽이 좋겠네.

종2   (종1에게) 당신이 말하는 건 이 따님 얘기 아닙니까?

종1   물론 그렇죠.

기사2   아, 이쪽…

종1   그쪽이 아닌 사람도 있습니까, 여기?

기사2   말 되는군, 이쪽… (딸에게) 당신, 자유롭지 않은가?

딸   아니요. 특별히 그렇지도 않습니다만…

기사2   (종1에게) 그렇지 않은 것 같은데…

종1   하지만 적어도 조금은 자유롭지 않으니까요.

기사2   좋아, 알았어.

종2   하는 겁니까?

기사2   하는 수 없지. 하지만 일어나는 게 귀찮아. (종1에게) 어이,
        너. 너는 그 창으로 하는 건가?

종1   저요? 제가 아닙니다, 하는 건… 그러니까 당신이 말씀하시
        는 게 결투에 관한 거라면…

기사2   그럼, 누가 하는 건데?

종1   누구라니? (주위를 살피고, 바로 옆에 있는 것처럼 불러본다) 주
        인님. 주인님. (좀 큰 소리로) 주인님. (모두에게) 죄송합니다

만 어딘가 그 근처에 우리 주인님 안 계십니까?

앉아 있는 기사2와 식사 준비를 하고 있는 주인과 딸을 남기고 전원
종1 쪽으로 온다.

종1   그러니까…, (손으로 모양을 만들어 보이며) 이런…
의사   둥그런가?
종1   둥글지는 않아요. 그게 아니고 그냥 보통, 이런…

뭔지 모르지만 전원, 지면에 떨어진 것을 찾으려는 모양…

간호사   하지만 그건 사람이죠?
종1   사람입니다. 우리 주인님이니까요.
간호사   그러면 더 크지 않은가요?
종1   커요. 저보다 크니까요.
목사   당신보다 크다구?
종1   예.
목사   그러면 위네. (위를 본다)
의사   그렇다고 떠다니는 건 아니지?
종1   안 떠다닙니다. 제대로 이런 식으로 서서…
의사   (목사에게) 서 있는 게 아니니까… 그냥 평범하게 이런 식으
       로 빙 둘러보면…

41

기사1, 세숫대야를 쓰고 더러운 망토를 걸치고 긴 지팡이를 짚고 천천히 나타난다.

기사1	당신들이 찾고 있는 게 이런 타입인가?
종2	이거다. (종1에게) 아닌가?
종1	어떤 거?
간호사	(종1의 얼굴을 그쪽으로 돌려준다) 이쪽요.
종1	이겁니다. 주인님, 어디 계셨습니까? 저는 틀림없이 이 근처에 계시다고 생각해서… (다가오려 한다)
의사	둥글지 않잖아.
목사	안 둥그네.
기사1	(테이블 쪽으로 걸어가며) 나는 신출귀몰이야. 이쪽이라고 생각하면 저쪽에 있는 것같이… (종2에게 종1을 가리키며) 저놈이 내게 다가오지 못하도록 해줘.
종2	하지만 이놈은 당신 종이 아닙니까?
기사1	그놈은 그렇게 생각하고 있는 것 같은데 나는 그렇게 생각 안 해. (의자에 앉는다)
종1	(더욱 가까이 다가오며) 그래도 저는 분명히 신청했습니다, 결투를…
기사1	그래서 이겼냐?
종1	이겼냐니… 결투를 제가 합니까?

기사1	아니, 그런 건 아니지만… 내가 오기 전에 해버렸다면 그건 그것대로 괜찮다고 생각한 거야. (기사2에게) 없는 척하고 있는 건가?
기사2	아니, 나는 없어, 원래…
기사1	그런가… 그럴 거라고 생각했지. 미리 말해두겠는데, 나도 없어.
기사2	아아, 그렇겠지.
기사1	(테이블 위에 있는 주전자를 가리키며) 저건 물인가?
딸	네, 그렇습니다. 드시겠어요? (컵에 따른다)
기사1	아니, 마시려는 게 아냐. 내가 저건 물인가 하고 물은 건 어쩌면 저건 독 같은 게 아닐까, 그렇게 생각했기 때문이야. 따랐나?
딸	네…, 죄송합니다.
종1	괜찮습니다. 그럼, 제가 마시겠습니다.

딸에서서 종2로, 다시 종1에게 컵이 넘겨진다. 의사와 간호사, 목사는 슬며시 컵을 피해 기사1의 등 뒤로 돌아간다.

기사1	안 돼. 저놈한테 물을 마시게 하면…
종2	(컵을 든 채로) 왜 안 됩니까? 마시고 싶다고 하는데요, 저놈은…
기사1	저놈은 하루 종일 물만 마신다구. 더 마시면 녹이 슬어서 움

직이지 못하게 되지. 이쪽으로 보내봐.

컵은 종2에게서 딸에게, 딸에게서 기사1에게 넘겨진다.

종1　(그걸 쫓아서) 마시게 해주세요. 목이 탑니다.

기사1　(컵을 들여다보고) 안 돼. 너무 많이 들어 있잖아.

종1　부탁합니다, 주인님.

기사1　그럼, 반만이다.

종1　반이라도 좋습니다.

기사1　(곁에 있는 간호사에게) 먼저 반만 마셔주겠나?

간호사　네… (엉겁결에 받아서 꿀꺽 마신다)

순간, 조용해진다. 간호사, 신음하며, 눈을 뒤집고, 목을 쥐어뜯으며 그 자리에 쓰러진다. 전원, 움직이지 않는다… 정신을 차리고 의사가 달려와 진찰한다.

의사　죽었습니다… (멍하니 일어선다)

종2　역시 독이 들어 있었어. 역시 독이 들어 있었습니다. 그래서 제가 아까 그렇다고 말하지 않았습니까? 어쩌면 여기 독이 들어 있고, 그러니까 누군가 독을 넣어서…

기사2　시끄러워.

종2　예.

목사   (의사에게) 당신이 넣은 거 아니야?

의사   난 아니야. 내가 넣지 않았다는 건, 이… (시체를 가리키며) 이 애뿐이었어, 알고 있는 건…

바람이 분다. 테이블에는 벌써 두 사람분의 식사가 준비되어 있다.

기사1   (냅킨으로 손을 닦으며) 치우는 게 어때? 하긴 시체를 보면서 식사하는 것도 나쁘지는 않지만…

테이블에 기사 두 사람과 딸을 남기고 전원 시체를 메고 사라진다. 딸, 두 사람의 잔에 와인을 따른다.

딸   드세요. (안으로 사라진다)

두 사람만 남게 되면 어쩐지 두 사람 다 기사라기보다는 노인으로 보인다.

기사2   (잔을 들고 한 모금 마시며) 좀 전에는, 당신이 한 건가?

기사1   (한 모금 마시고) 뭐가?

기사2   (시체가 사라진 쪽을 가리키며) 저거 말이야.

기사1   그냥 인사 대신이야. (큭큭 웃음을 참으며) 봤는가, 손끝의 마술을…

기사2	뭐, 상당한 솜씨긴 하지만, 나라면 귀에다 해.

중앙에 빵 바구니가 놓여 있고 그것을 찢어서 입에 넣으며…

기사1	귀에? 그건 어떤 의미지?
기사2	귀에 독을 넣는 편이 약효가 느리니까… 그만큼 고통도 크다는 거지. 신음하면서 적어도 거기서부터 저쪽까지 몸부림치면서 뒹굴었을 거야. 지금은 거기서부터 거기까지였지?
기사1	아니야, 저기까지 갔는데.
기사2	하지만 귀에 넣으면 저기까지라니까… 게다가 이렇게… 고통스러워하면서…
기사1	하지만 봐, 그러면 컵에 담긴 물을 귀로 마시라고 하나?
기사2	그러니까, 그 점이 문제이긴 하지만…

멀리서 교회 종이 울린다.

기사1	종이 울렸어. 아아, 좋군.
기사2	뭐가?
기사1	그러니까…, 사람이 죽고, 종이 울리고, 게다가 밤이고…
기사2	아아…, 게다가 죽은 게 내가 아니라는 사실이 뭐라 말로 표현할 수 없는 기분이야.
기사1	맞아… 그거야…

두 사람, 가만히 종소리에 귀를 기울이고…

암전.

2^장

정경은 그대로. 침대가 있는 장소는 더러운 커튼으로 가려져 있고, 테이블에서는 기사1과 기사2가 변함없이 천천히 깨작깨작 식사를 하고 있다. 뒤쪽 어둠 속에 의사, 목사, 종1, 종2가 서 있다. 어딘지 두 사람의 식사가 끝나기를 조바심내면서 기다리는 모습. 가끔 보러 와서 맥이 풀려 다시 돌아가거나 한다. 커튼 뒤에서는 주인도 가끔 얼굴을 내밀고 본다. 바람 소리…

기사1 (문득 손을 멈추고 얼굴을 들고) 어?

기사2 왜?

기사1 가을인가?

기사2 가을?

기사1 응, 방금 고개를 조금 들었더니, 그 비슷한 게 코에 들어왔어.

기사2 코로? 그건 가을이 아냐.

기사1 가을이 아닐까?

기사2 가을이 아냐. 가을은 코로는 안 와.

기사1 그런가… 그럼 방금 내 코로 들어온 건 뭐지?

기사2 사랑이야.

기사1 사랑인가, 방금 그게?

기사2 사랑이라구… 사람이란 나이를 먹으면 사랑을 코로 느낀단 말야.

기사1 코로 말이지… (접시를 향하며) 나도 그럴 거라고는 생각했어.

기사2   (기사1의 접시를 가리키며) 그거, 맛있나?

기사1   맛없어.

기사2   그럴 거야. 아까 나도 먹어봤는데 맛없었어.

기사1   (태연하게 먹으면서) 왜 미리 말해주지 않았나.

기사2   당신이 뭐라고 할지 들어보고 싶어서…

기사1   (맛을 보고) 맛없군.

기사2   그럼, 역시, 그건 진짜 맛이 없는 거야.

기사1   (접시에 있는 다른 것을 가리키며) 이건 어떤가?

기사2   (자기 접시에 담긴 똑같은 것을 물끄러미 보며) 틀림없어, 더 맛
        없을 거야.

기사1   먹어볼까?

기사2   먹어보지…

기사1   그런데, 잠깐…

기사2   왜?

기사1   난 지금, 사랑을 느꼈다구.

기사2   맞아, 코로…

기사1   (냅킨으로 코를 풀고) 어찌 됐든. 그러니까, 내가 누군가에게
        사랑받고 있다는 거잖아.

기사2   아니면, 내가…

기사1   사랑은 내가 느낀 건데   네 코로…

기사2   바람이 이렇게 불고 있지? 그러니까 사랑이 이렇게 와서 이

렇게 휜 거야.

기사1 사랑이 휘나…?

기사2 바람의 방향에 따라서는… (접시를 향한다)

기사1 (역시 접시를 향하며) 저 주인일까?

기사2 뭐가?

기사1 당신한테 사랑을 뿌리고 있는 게…

기사2 어쩌면 그 딸일지도 모르지.

기사1 죽은 애 말인가?

기사2 아직 죽지 않은 애 말이야.

기사1 (입 안에 있는 걸 맛보며) 어때?

기사2 (역시 맛보며) 이거?

기사1 응.

기사2 말똥에 소금을 쳐서 먹어본 적이 있는데, 그것보다 조금 떨어지는군.

기사1 난 소금을 치지 않고 말똥을 먹은 적이 있는데, 그거하고 거의 비슷하군.

기사2 그건, 맛이 없다는 의미인가?

기사1 당신, 맛있다는 의미라고 생각했나?

기사2 아니 아니, 맛이 없다는 의미일 거라고는 생각했지만… 그런데 당신, 말은 어쨌나?

기사1 말 얘기는 묻지 말아 주게. 기억하고 싶지 않아.

기사2 알겠네. 나도 같아. 먹었지?

기사1   먹었어. 울면서…

기사2   나도 울었어, 먹으면서… 그래도 위안이 되는 건 그놈이 꽤
        맛있었다는 거야.

기사1   맛있던가?

기사2   꽤나…

기사1   그런데 왜 울었나?

기사2   왜라니. 어쨌거나 그놈은 내가 타던 말이었으니까… 승마감
        은 형편없었지만…

기사1   내가 운 건 그놈이 맛이 없어서야.

기사2   맛이 없던가?

기사1   맛이 없더군. 지독했어. 그런 맛이라면 타는 편이 훨씬 낫
        지.

기사2   혹시 당신 소금 안 뿌리고 먹은 거 아냐?

기사1   소금?

기사2   말똥도 그렇지만 말을 맛있게 먹기 위한 요령은 소금을 치
        는 거야, 그리고 후추도…

기사1   소금하고 후춘가… (테이블을 둘러보고) 이봐, 이제 아무것도
        없는 건가, 먹을 게?

기사2   대강 해치운 것 같군.

기사1   하지만 그 말은 영 아니야. 예를 들어 소금, 후추를 쳐도…
        꽤 잘 걷는 말이긴 했지만…

기사2   그런 거야. 잘 걷는 말일수록 맛이 없지.

기사1	맞아. 게다가 아나? 이게 중요한 대목인데, 먹어버린 이상 걷게 하는 편이 나을 걸 그랬다고 후회해도 이미 늦은 거지.
기사2	아아, 그거 눈물 나지.
기사1	눈물 나지.
기사2	어때, 변변치 않은 음식이지만 한두 접시 더 먹어볼까?
기사1	먹어보지. 아무리 그래도 그 말 정도는 아닐 테니까.

기사2, 포크로 컵을 두드린다. 딸, 나타난다…

딸	저, 무슨…?
기사2	아아, 아니…, 뭐든 좋으니까, 한두 접시 더 먹어볼까 하는데… 음, 어차피 맛없다는 건 알고 있지만…
딸	(약간 당황하며) 드시겠습니까?
기사1	그렇다니까. 밟아버리려는 건 아니야.
딸	죄송합니다, 잠깐만 기다려주세요. (종종걸음으로 들어간다)
기사2	나쁘지 않은 애군.
기사1	그런가?
기사2	봤잖아?
기사1	하지만 냄새는 나지 않았어.
기사2	다시 한 번 불러볼까. (포크를 들고) 이걸 두드리면 걔가 나오지.

두드리려 하는 순간 안에서 "야-" 하는 주인의 외치는 소리가 들리고 동시에 식료품이 들어 있던 바구니가 텅 빈 상태로 던져진다. 주인이 모습을 드러낸다.

기사2 왜?

주인 왜가 뭐야. 더 먹겠다는 거야, 당신들?

기사2 (약간 기가 죽어서) 그러니까 한두 접시 더…

주인 한 접시건 두 접시건… 봐, 이거… (텅 빈 바구니를 가리키며) 아무것도 남아 있질 않아… 전부 먹어치웠어요, 당신들이…

기사1 아무리 맛없어도 괜찮다니까…

주인 맛이 없든 맛이 있든, 어쨌거나 아무것도 없다니까… (바구니를 들고) 자… 거꾸로 흔들어도 빵가루 하나 안 떨어지잖아…

어둠 속에서 목사, 의사, 종1, 종2가 사정을 알고 불안한 듯 나온다.

주인 아까까지 여기 이만큼 (손으로 산을 만들어 보이며) 먹을 게 차 있었단 말이야. 그걸 전부 먹어버렸다구, 당신들이…

의사 전부?

주인 전부.

딸, 모습을 드러낸다.

주인	오늘 밤, 우리들이 여기서 먹을 음식 전부야. 게다가 그뿐만이 아니야. 여기 내일 아침, 점심 때 먹을 것까지 들어 있었으니까. 그걸 이놈들이 다 먹어버렸다니까.
기사2	(기사1에게) 당신, 노래 부르고 있는 거야?
기사1	아니야, 안 불러, 노래는 무슨…
목사	(주인에게) 왜 이런 상황을 말해주지 않았습니까, 이 사람들한테…
주인	말하거나 말거나… (딸에게) 왜 말해주지 않았어, 당신들 몫은 이제 없다고…
딸	그러니까 얘기하려고 했는데, 한 접시 더, 한 접시 더, 하고 말씀을 하시니까…
종2	그렇지만 바구니 안에 있는 것들이 실제로 점점 줄어드는데 그걸 보면 알아차릴 수 있지 않습니까. 우리들이 먹을 게 없어지는구나 하고. 우린 테이블이 비는 걸 기다리고 있었어요. 게다가 누군가… (주인을 가리키며) 당신이에요. 테이블이 비면 저녁을 먹자고 한 건…
주인	알아. 하지만 어쩔 수 없잖아, 먹을 게 없는데. 이놈들이 다 먹어치웠으니까…
종1	(갑자기 요란한 소리로) 에-?
종2	뭐야?
종1	저녁밥은 건너뛰는 거야?

종2	그뿐만이 아니야, 내일 아침도 건너뛰는 거야.
종1	에-?
종2	점심도…
종1	에-?
의사	알았어. 냉정해지자구. 끝난 일은 얘기해도 소용없잖아. (주인에게) 결국, 이런 거네…
기사2	(기사1에게) 당신, 아직도 먹고 있는 거야?
기사1	아니, 아니야. 여기 포도 씨가 있는데, 살이 좀 붙어 있어서 빨아먹은 것뿐이야. (푸우, 하고 씨를 뱉는다)
의사	그러니까… (주인에게) 당신이 그 바구니를 메고 마을까지 가서 우리가 먹을 걸 사올 때까지 기다리면 되는 거네.
기사2	아무래도 상관없지만, 당신, 중요한 때니까, 그런 게 있으면 다른 사람들한테 나눠 줘야지.
기사1	미처 생각 못했네… 그쪽에 없나. 아직 빨면 맛이 날지도 모르는데…
의사	(엉겁결에 몸을 내미는 목사를 저지하며) 그만둬, 치사스럽게… (주인에게) 그러니까 가능하면 빨리 그걸 가지고…
주인	마을에 가도 해 뜨기 전에는 시장이 안 열려. 그리고 물건을 산다 해도 여기 돌아오면 내일 저녁때야.
목사	그럼, 내일 저녁까지 우리는 아무것도 먹을 수 없는 거야?
종1	에-?
종2	아냐, 뭔가 있을 거야. (주인에게) 당신들 먹을 건 어딘가 남

겨 됐겠지?

주인   없어.

종1   에-?

주인   찾아보면 되잖아. 아무것도 없어. 전부 저놈들이 먹어버렸다구. (들어간다)

기사2   (딸에게) 어이, 이쑤시개.

딸   네.

기사1   나도 두 개.

딸   네. (들어간다)

기사2   왜 두 개지?

기사1   위아래 다른 걸 사용하거든. 맛이 뒤섞이니까…

기사2   (안쪽에 대고) 어이, 나도 두 개.

딸   (목소리) 네.

종2   (다가와서) 괜찮겠습니까, 주인님… 테이블이 비었으면 적당히…

의사   (말리며) 그만둬.

종2   왜요?

의사   그냥 놔둬. 이제 와서 얘기해봤자 소용없으니까… 안 그래? 저쪽은 저쪽대로 그냥 두고, 우리는 우리대로 대책을 마련하자구.

목사   무슨 대책이 있겠습니까…

의사   그러니까… 저 주인한테 맡기면 내일 아침까지 사러 가지 않을 거야. 그렇다면…

딸, 이쑤시개를 가지고 나타난다.

딸	죄송합니다, 늦어서. 이쑤시개예요. (먼지를 털고 내놓는다)
기사1	고마워. (받는다)
기사2	(받으며) 디저트는 없나?
딸	없습니다.
기사2	(모두에게) 어이, 디저트가 오면 그건 당신들한테 양보하지.
종1	뭐라구요?
기사1	디저트.
딸	없습니다. (테이블을 치운다)
종2	(종1에게) 그만두라니까. (끌어당긴다)
기사2	하지만 없다네, 유감스럽게도…
목사	좀 떨어져. (전원을 테이블에서 떨어지게 한다)
기사1	어이, 도망가는 거야?
목사	(발끈해서) 무슨 말을 하는 겁니까, 당신… 이렇게 된 것도 전부…
의사	됐어… (목사를 잡아당겨 테이블에서 떨어지며) 우리들 중 누군가가 지금 마을로 가는 거야. 그리고 아침에 시장이 열리면…
기사2	치즈라도 먹겠다면 두 조각 정도 남아 있는데, 어때?

종2   가자.

         두 기사와 테이블을 치우고 있는 딸을 남기고, 네 명 사라진다.

기사1   치즈가 있다니까, 어이.

기사2   가버렸어… (딸에게) 조심스러운 사람들이라 그런가?

딸   글쎄요, 그럴까요?

기사1   (기사2에게) 치즈는 어디 있나?

기사2   앞치마 주머니 속에…

기사1   어디?

기사2   저기…

         딸, 선 채로 꼼짝 못한다.

기사1   (딸에게) 내놔.

딸   하지만…

기사2   주인이 시켰지, 숨겨두라고…

딸   ……

기사1   내놓지 않으면 모두 불러서 조사하게 할 거야.

         딸, 앞치마 주머니에서 종이에 싼 작은 치즈 조각 두 개를 테이블에
         놓는다.

기사1   (품속에 챙기며) 내가 맡아두지.

딸, 식기를 들고 들어가려 한다.

기사2   움직이지 마. (포크로 컵을 두드린다)

주인, 안에서 느릿느릿 나온다.

주인   뭐야?

기사2   귀 좀 빌려줘.

주인   귀? (불안한 듯 다가온다)

기사2   듣는 귀가 어느 쪽이지?

주인   듣는 귀라니?

기사1   당신, 사람 말을 어느 쪽 귀로 듣냐구?

주인   난 거의 양쪽으로 들어.

기사2   그러면 아무 쪽이나 상관없으니까, 깨끗한 쪽을 내놔봐.

주인   무슨 말을 하는 거야, 도대체…? (한쪽 귀를 기사2에게)

기사2   이게 깨끗한 쪽이야? 지독하군, 아무래도 상관없지만…

주인   아얏… (잽싸게 물러난다)

기사2   괜찮어   호들갑스럽게 요란 떨기 마, 그 정도 가지고… 아
         직 얘기가 끝나지 않았잖아.

주인 　무슨 얘기 말이야. (다가와서) 어쨌든 빨리 얘기해, 쓸데없는 짓 하지 말고… (귀를 댄다)

기사2 　그러니까…

주인 　아, 아파. 너, 무슨 짓을 한 거야. (귀를 잡고 물러나며, 근처를 뒹군다) 아아, 아프다구.

딸 　아버지.

주인 　(신음하며) 빨리, 약… 어이… (안으로)

딸 　아버지. 어떻게 된 거예요? (안으로)

안쪽에서 주인의 신음하는 소리, 물건이 와르르 무너져 내리는 소리. "누가 좀 와주세요, 아버지가…" 하는 딸의 비명. "뭐야", "왜 그래" 하며 사람들이 달려오는 소리…

기사1 　뭘 사용했지?

기사2 　이거… (손에 이쑤시개를 들고 있다) 이 끝에 바로 그게 묻어 있지. (작은 종이 주머니에 넣고 정성스럽게 품에 간수한다)

기사1 　뭐, 그런 방법도 있겠지.

기사2 　저쪽부터 이쪽까지 죽 고통스러워하면서 뒹굴었지?

기사1 　하지만… (천천히 일어나며) 난 더 좋은 방법을 알고 있어.

기사2 　어디 가는 거야?

기사1 　결투, 잊어버렸나?

기사2 　아아, 그렇지… (천천히 일어나며) 당신은 어느 쪽으로 갈 건데?

기사1   (왼쪽을 가리키며) 이쪽…

기사2   그럼, (오른쪽을 가리키며) 난 이쪽으로 간다.

기사1   좋구말구… 빙 돌아서 만나면 사양하지 말고 덤비라구. (왼쪽으로 걸어간다)

기사2   그렇게 하자구. (엇갈려 오른쪽으로 걷는다. 갑자기 멈춰서) 당신이 죽으면 저놈들한테 뭐라고 말해줄까?

기사1   (멈춰서) 당신이 죽으면 용감하게 싸우다가 죽었다고, 그렇게 전해주지, 저놈들한테…

기사2   그럼, 나도 그렇게 하지.

두 사람, 좌우로 나뉘어서 천천히 사라진다. 바람이 분다. 목사가 나타나서 테이블에 앉는다. 의사가 나타나서 테이블에 앉는다.

의사   죽었어.

목사   알고 있어.

의사   귀에서 피를 흘리고 있었어.

목사   이게 무슨 일인지 알아?

의사   무슨 일이라니?

목사   이걸로 이제 우리는 마을로 가서 먹을 걸 사올 사람을 잃은 기사.

의사   누군가 다른 사람이 가면 되잖아.

목사	하지만 시장이 있는 마을을 아는 사람이 없잖아?

종1, 종2가 멍하니 나타난다.

종2	어디 갔어요, 우리 주인님은?
목사	어딘가 갔어. 식후에 운동하러 간 거 아냐?
종1	결툽니다. 결투하러 간 거예요, 두 사람은…
의사	결투라니… 무슨 결툰데…?
종1	그러니까…

딸, 나타난다.

딸	목사님, 기도해 주실 수 있나요, 아버지를 위해서…
목사	좋구말구…
의사	우리가 없는 사이에 무슨 일이 벌어진 거지?
딸	무슨 일이 벌어진 건지 잘 모르겠어요. 단지, 제 앞치마 주머니에 치즈가 두 조각 들어 있어서…
종1	뭐가 들어 있었다구?
딸	치즈가 두 개요.
종2	어디에?
딸	여기… (앞치마는 이미 벗었다) 저…, 조금 전까지 하고 있던 앞치마 주머니요.

목사	그래서 어떻게 했습니까, 그 치즈는?
딸	그러니까, 그걸 들켜서, 내놓으라고…
의사	누가?
딸	그 두 사람이…
종1	우리 주인님이?
딸	네.
종2	먹어버렸습니까?
딸	아니요, 아마 주머니에 넣어서…
목사	가지고 있나?
딸	네.
의사	제기랄…
종2	아직 가지고 있을까?
종1	가지고 있어, 틀림없이…
목사	(의사에게) 쫓아갈까요?
의사	쫓아가서 어쩌게?
목사	그러니까…
딸	저… 기도 좀 해주시겠어요?
목사	아아, 그렇지.
의사	아니, 그게 아니야. 그 치즈는 알겠는데, 아버지한테 무슨 일이 있었던 거지?
딸	그러니까 두 사람이, 치즈를 숨긴 게 아버지가 시킨 거라고 생각하고, 아버지를 불렀어요.

65

종2   그래서?

딸   (종2에게) 당신 주인이 아버지 귀에 입을 대고 뭔가 말을 하
       는 것 같더니⋯ 갑자기 아버지가 귀를 잡고 고통스러워하기
       시작해서⋯

       바람이 분다⋯

목사   (딸에게) 치즈를 가지고 있으라고 아버지가 시켰나?

딸   아니요.

종2   그럼, 아버지는 아무것도 몰랐었군.

딸   아침에 남은 걸 우연히 주머니에 넣어서 가지고 있었던 것
       뿐이에요.

의사   (종1과 2에게) 당신네들 주인은 도대체 뭐야?

종1   기사입니다.

의사   기사라는 건 알겠는데⋯

종1   그것도 편력기사입니다. 그냥 기사와 편력기사의 다른 점
       은, 그냥 기사는 가만히 앉아 있으면 세상이 그대로지만, 편
       력기사는 아무것도 안 하고 있으면 그것만으로 세상이 손해
       를 입습니다. 때문에 편력기사는 언제나 세상을 편력해서
       부정을 바로잡고 폐해를 제거하지 않으면 안 됩니다.

목사   아무것도 안 하고 있으면 세상이 손해를 입는다?

종1   그렇습니다.

| 목사 | 뭔가 하면 세상이 손해를 입는 게 아니구? |
| 종1 | 아닙니다. |

멀리서 바람 소리에 섞여 기사2의 "이-얍" 하는 소리, 기사1의 "하-앗" 하는 소리가 희미하게 들려온다.

종2	들었습니까? 결투가 시작됐습니다.
종1	결투에 이긴 쪽이 이 아가씨의 사랑을 차지하는 겁니다.
딸	어떻게, 목사님, 이제 기도해 주시겠어요?
목사	아아… (일어난다)
의사	(같이 일어나며) 아가씨, 그건 알고 있나?
딸	뭘요?
의사	그러니까, 저 두 사람 중에 이긴 쪽이 아가씨의 사랑을 차지한다는 거…
딸	아니요.

딸과 목사, 안으로 들어간다.

의사	사랑을 차지한다는 게 어떤 의미지?
종1	앞으로 저 아가씨를 위해, 세상의 부정을 바로잡고, 폐해를 세워한다는 말입니다.
의사	(무슨 말인지 모르면서) 아아, 그렇군…

의사, 안으로. 바람 소리… 멀리서 다시 "에이-잇", "야-앗" 하는 두 기사의 목소리가 들린다.

종2   (의자에 앉으며) 아직 싸우고 있어.

종1   (앉으며) 밤새도록…

종2   배고파?

종1   배고파.

종2   당연하지, 생각하는 걸 그만두자. 생각하면 생각할수록 고파오거든, 배라는 건… 뭔가 다른 거 없을까, 생각할 게…

종1   생각할 거 같은 거 없어. (꿈지럭꿈지럭 몸을 움직인다)

종2   생각할 게 없다는 건 있을 수 없지. 인간이란 언제나 뭔가를 생각하니까… 예를 들면 내 경우는… (종1이 몸을 꿈지럭거리는 것을 알아차리고) 뭐하는 거야?

종1   아니, 저기…, 가려워… (점점 안달한다)

종2   가려워? …거봐. 그럼 넌 지금 그걸 생각하고 있잖아. 가렵다는 걸. 그러니까, 인간이란 항상… 이봐, 왜 그래?

종1   왜 그래가 아니라, 지금 가렵다니까.

종2   그러니까 지금, 넌, 가렵다는 걸 생각해서…

종1   생각하는 게 아니라, 가렵다구. 이봐, 좀… 어떻게 해줘.

종2   어떻게 해달라고 해도, 어떻게 할 수가 없잖아. 가려운 건 너니까…

종1   하지만… 이봐…

종2   어디가 가려운데?

종1   여기… 등에…

종2   등? (갑옷을 보고) 이건 못 벗나?

종1   못 벗어, 이건.

종2   왜?

종1   열쇠로 잠가놔서. (손으로 모양을 그리며) 이렇게 생긴 걸, 주
      인님이 갖고 있어.

종2   그럼, 어떻게 할 수가 없잖아.

종1   그러니까…

종2   그러니까고 저러니까고, 이 위를 긁어봤자 소용없을걸? (갑
      옷 위를 긁어 보인다)

종1   안 돼, 그런 건…

종2   포기하자.

종1   포기하자니… 포기할 수 있는 게 아니잖아…

종2   참아.

종1   못 참아. 이봐…

종2   뭐든 다른 걸 생각해보자.

종1   말했잖아. 생각할 게 아무것도 없다구…

종2   배가 고프다는 걸 생각하면 어떨까? 너는 지금, 무지하게
      배가 고프니까…

종1   배 안 고파.

종2   배고파, 너는… 저녁때부터 아무것도 안 먹었잖아. 이봐, 정
       말, 진지하게 그걸 생각해봐. 내일 아침에도 먹을 거라곤 아
       무것도 없어. 생각하고 있어?

종1   생각하려고 하는데, 생각할 수가 없어, 가려워서…

종2   생각해. 아사 직전이잖아, 너는. 가려운 걸로는 죽지 않지만
       배가 고프면 죽는다니까.

종1   이봐, 안 되겠어. 역시… 굶어 죽는 편이 나아. 근처에 뭔가,
       막대기 같은 거 없을까?

종2   막대기라니, 그걸로 뭘 하게?

종1   그러니까, 그걸 여기, 등에 집어넣어서…

종2   (지팡이를 발견하고) 하지만 이런 게 그 안에 들어갈 리 없
       잖아.

종1   그럼, 그걸로 때려줘, 여기, 이 근처…

종2   때려?

종1   그래, 괜찮으니까, 마음 놓고 때려.

종2   이렇게? (등을 때린다)

종1   더 세게…

종2   세게… 괜찮을까? (때린다)

종1   더, 더, 더, 더…

       종2, 지팡이로 종1의 등을 때리기 시작한다. 의사와 목사와 딸이 놀
       라서 나온다.

의사	뭐하는 거야?
종1	(종1을 가리키며) 가렵대요. (계속 때린다)
목사	가려워?
종2	예.
의사	가렵다면 긁어주면 되잖아.
종2	긁을 수가 없어요. 통조림 속에 들어 있는 거 같으니까…
목사	하지만 불쌍하잖아.
종2	때려 달라고 해서 때리는 거예요.
딸	그쪽에, 밖으로 나와 있는 데를 긁어주면 어떨까요?
종2	아아, 나와 있는 데…
종1	등이 가려워요, 나는… 등요…
종2	(딸에게) 등이 가려운 거예요, 애는…
종1	더, 세게… 더…

싸우다 지치고 상처를 입은 기사1이 지팡이에 의지해서 왼쪽에서 천천히 나타난다. 종2가 알아차리고 손을 멈췄기 때문에 종1도 본다.

종1	아, 주인님.
기사1	어이, 괜찮으니까, 그대로 있어. 내가 거기까지 걸어서 갈 데니까, 어때… 내가 걸어가는 게 보이나?
종1	보입니다.

기사1   걷고 있지?

종1   걷고 있습니다. 그럼, 이긴 겁니까?

기사1   이겼지. 만나자마자 승부는 결정됐어. 이봐, 걷고 있나?

종1   걷고 있습니다.

기사1   그럼, 역시 이긴 거야. 의자는 어디 있지?

종2   여기요. 그럼, 우리 주인님은?

기사1   좀 더, 이쪽으로 향하게 놔주겠나. 거기를 돌아서 들어갈 수
        있을지 자신이 없군.

종2   이렇게 말입니까?

기사1   아아, 그 정도면 됐어. (의자에 앉는다)

의사   피가 나는데요. 상처를 치료하죠.

기사1   찰과상이야.

의사   소독이라도 해야 합니다. 균이 들어가면 안 되니까…

종2   그럼, 우리 주인님은?

오른쪽에서 상처 입고 지친 기사2가 지팡이에 의지해서 천천히 들
어온다.

종2   (보고) 주인님.

기사2   침착해, 허둥대지 말고… 난 살아 있으니까. 어쨌든 지금
        난, 살아서, 게다가 말을 하고 있어. 응? 내가 지금 말을 하
        고 있나?

종2	말하고 있습니다.
기사2	그럼, 역시 살아 있는 거야. 하지만 기뻐해선 안 돼. 상대를 생각하면. 그놈은 지금, 저 어둠 속에서, 입에 피를 흘리며 발버둥치고 있다. 이봐, 오지 않아도 돼. 내가 거기까지 갈 테니까… 거기다, 봐라, 난 이렇게…, 커브를 돌면서 가고 있잖아.
종1	(기사1에게) 주인님, 누구하고 싸운 겁니까?
기사1	누구하고?
종1	저쪽 주인님은 지금 돌아왔는데요.
종2	(의자를 다시 놓으며) 의자는 여기다 놓으면 되겠습니까?
기사2	아아, 거기다 둬. 봐라, 여기서부터 이렇게 앉아 보이는 게 정말 멋지잖아. (앉는다)
의사	(기사2에게) 가만히 계세요, 상처를 치료해 드릴 테니…
기사2	필요 없어, 치료 같은 건…
의사	하지만 소독만이라도 해두지 않으면…
기사1	(기사2에게) 당신, 뭐야?
기사2	뭐야라니… 뭐가? (알아차리고) 야아, 당신, 거기 있었나?
기사1	거기 있었냐니. 당신, 확실히 갔다 왔나, 결투하러?
기사2	갔다 왔지. 아까 같이 나갔잖아…
기사1	그래서, 이겼나?
기사2	이겼어.
기사1	나도 이겼는데… 그럼, 누구한테 이긴 거지?

기사2　잘 생각해봐, 혹시 진 건 아닌가?

기사1　하지만 져서 저쪽에 뻗었다면 어떻게 여기 있을 수 있나. 나는, 혼자 걸어서 왔다니까, 여기까지… (종1에게) 그렇지?

종1　걸어서 오셨습니다.

기사2　그건 그렇군. 게다가 나도 여기 있잖아. 그뿐인가, 말을 하고 있다구. (종2에게) 아까부터 말하고 있었지?

종2　아까부터 말하고 계십니다, 쭉-.

의사　(기사2에게) 일단 소독만 해뒀습니다만 나중에 통증이 있으면 말해주세요. (기사1에게) 당신도… 좀 비싸긴 하지만 진통제도 준비해뒀으니까요.

기사1　고맙군. 당신, 치즈 먹겠나? (품에서 종이에 싼 작은 덩어리를 꺼낸다)

의사　치즈입니까? (받는다)

목사　하지만 그건, 이 아가씨가 갖고 있던 거 아닌가요?

기사1　(의사에게) 빨리 입에 넣으라구, 하나뿐이 없으니까…

의사　예. (입에 넣고 아무 생각 없이 씹는다) 우웃… (목을 잡는다)

잠시 그대로…

목사　왜 그래요?

의사, "우앗" 하면서 입을 열고, 피를 토한다. 피가 흰 가운을 빨갛

74

게 물들인다. "왓" 하고 소리치며 안으로 달려간다. "어떻게 된 거예요", "뭐야", "왜 그래요" 하며 목사, 딸, 종1, 종2가 이어서 달려 들어간다. "왓" 하는 소리, 절규하는 소리가 난 후 쓰러지는 소리.

기사1   죽었어.

기사2   치즈인가?

기사1   아니, 버터야. 버터 안에 면도날을 하나 넣어뒀지.

기사2   그게 목을 찢은 건가?

기사1   그게 목을 찢은 거야.

기사2   마치 미끄러지듯 안으로 들어갔겠지…

기사1   아픔을 느끼지 못할 정도로 부드럽게…

기사2   그런데, 어떨까? 저놈은 알아차렸을까, 죽기 전에, 그게 면도날이었다는 걸?

기사1   못 봤나, 그 눈을? 저기서 목을 감싸 쥐고 우뚝 서 있을 때, 저놈은 그걸 알아차린 거야.

기사2   그랬겠지. 그건, 그런 눈이었어.

목사, 멍하게 모습을 나타낸다.

목사   저…

기사1   뭐야?

목사   절 죽이지 말아 주세요.

기사2	왜?
목사	왜라니… 나는 아직 죽기 싫어요.
기사1	그러니까, 왜 죽기 싫으냐구?
목사	왜라고 물어보시면…, 그냥, 좀 더 살아보고…
기사2	뭘 하게?
목사	그러니까, 살아서…
기사1	그냥 살아 있다고 해도 별 소용 없잖아.
목사	그래도 내가 살아 있는 걸로 그다지 해가 되지는 않습니다. 저는 정말 약간 뭔가를 먹게 해주고, 정말 약간만 마시게 해주면 그걸로 족하니까요.
기사1	치즈 먹어볼래? (품에서 꺼내서) 하나 남아 있는데…
목사	아니, 괜찮습니다.
기사2	물은 어때? (주전자를 흔들어 보고) 아직 좀 남아 있는데…
목사	아니요, 물도 필요 없습니다.
기사2	그럼, 당신, 어떻게 살아가겠나. 여기에는 당신을 살게 해줄 것이라곤 아무것도 없지 않나?
목사	그래도 살고 싶어요.
기사1	그러니까, 어떻게?
목사	어떻게라니…, 아무리 그래도, 죽이지 않아도 되지 않습니까? 지금 이렇게 살아 있으니까…
기사2	우리들도 특별히 죽이고 싶어서 죽이는 게 아냐.
목사	그런데, 왜 죽이는 겁니까?

기사2   죽이지 않으면 죽게 되니까.

목사   누구한테요? 누가 당신들을 죽이려고 합니까? 우리는 아무도, 아무 짓도 하지 않았잖습니까, 당신들한테…

기사1   아무 짓도 안 했어. 하지만 이건 알고 있는 게 나을 것 같아서 말하는데… 당하고 나서는 이미 늦지.

기사2   결국, 항상 선수를 친 거야, 우리는… 선수는 필승이란 말이야.

목사   그야 필승이겠지요. 우리는 하려고 하지도 않았을 뿐더러 하려는 생각도 없었으니까… 적어도 저는 그렇습니다, 저는 당신들을 어떻게 하겠다는 생각은 손톱만큼도 하지 않습니다.

기사1   그럼, 당해도 할 수 없군.

목사   왜죠? 저는 아무 짓도 하지 않습니다, 당신들한테.

기사2   들어봐, 만약 당신이 우리들한테 죽고 싶지 않으면 우리를 죽이는 거야. 그 수밖에 없어.

목사   못합니다, 당신들을 죽이다니…

기사1   그렇지 않으면 당신이 우리들한테 죽어.

목사   안 됩니다.

기사2   안 되는 게 아니야. 죽이는 방법을 가르쳐 줄게. (품에서 가는 줄을 꺼낸다) 이걸로 내 목을 졸라봐…

목사   싫습니다.

기사1   (기사2에게) 당신, 죽이주려는 건가, 이놈 때문에…?

기사2   가르쳐주는 것뿐이야.

기사1	어리광을 받아주는 건 좋지 않아. 죽이고 싶지 않다는 놈은 죽여주는 게 좋아.
기사2	자…, 이봐, 가르쳐준다고 하잖아. 이 끈을 저 나무에 묶고 와.
목사	그리고, 어떻게 하는 건데요?
기사2	자꾸 묻지 말구…

목사, 줄을 받아서 나무에 묶는다.

목사	이렇게요?
기사2	그리고, 그 끈을 이쪽으로 당겨 와서… 그렇지, 그리고 그걸 내 목에 감는 거야.
목사	어떻게…
기사2	이렇게, 당신, 줄 묶는 방법도 모르나? 이렇게… (목사의 목에 줄을 감고) 그리고, 돌면서 좀 저쪽으로 떨어지라구… (목사의 목에 줄을 감은 채 약간 떨어지게 하고) 그리고, 이쪽 끝을 잡아당기는 거야. (당긴다)
목사	당기다니?
기사2	그렇게 안 하면 죽지 않으니까… (당긴다)
목사	그만둬요. (숨이 막힌다)
기사2	그만두면… (당긴다) 다시 살아나지.

목사, "윽" 소리를 내며, 무릎을 꿇은 채 녹초가 된다.

기사2   또 한 번 당기면 이대로 죽는데 말이지…, 이놈은 배웠을까,
         죽이지 않으면 자기가 죽는다는 걸…
기사1   배웠을 거야, 뼛속 깊이 스미도록…
기사2   그럼, 죽어도 죽는 보람이 있겠네. (확 잡아당긴다)

목사, "윽" 하고 작게 신음하며, 쓰러진다. 기사2, 끈을 놓는다… 바
람 소리…

기사1   (장치를 둘러보며) 이게 당신 방법인가?
기사2   그래… 알지? 한쪽을 저쪽에 묶어두면 힘이 반밖에 안 들
         어… 결국 내가 당긴 만큼 나무도 당겨주니까… 물리의 원
         리야. 게다가 뭐니 뭐니 해도 이 방법이 멋있는 건 죽을 놈
         이 이렇게 장치를 준비해 주니까, 나는 그저 여기 앉아서 기
         다리고 있으면 된다는 점이지.
기사1   농땡이 살인이군.
기사2   이런 방법을 강구하지 않으면 많은 양을 다 처리할 수 없지.
         (손뼉을 친다)

종1, 송2, 딸, 냉하니 모습을 드러낸다.

기사2	치워줘.
종2	또예요?
종1	벌써 이걸로 네 명이에요.
기사1	하지만 점점 좋아지고 있어. 적어도 이놈은 깨달았어, 죽이지 않으면 자기가 죽는다는 사실을… 물론, 그때는 이미 늦었지만…

종2, 나무에 묶여 있던 끈을 풀고, 종1과 함께 시체를 메고 나간다.

딸	(약간 우두커니) 이번에는 저네요. 그렇죠? (천천히 걸어서) 당신들은 이번엔 절 죽일 거예요. 좋아요. 저, 죽어드릴게요. 피투성이가 되서, 쓰러질 거예요. 하지만 조심하세요. 나라고 그냥 죽지는 않아요. 서툴게 다가오면 당신들이 다칠 거예요.
기사2	칼을 가지고 있나?
딸	네… (뭔가 들고 있던 손을 뒤로 숨긴다)
기사1	보여줄래?
딸	싫어요.
기사2	왜?
기사1	그냥 보여주는 건데 뭐…
딸	… (손을 앞으로 내밀어, 흰 손수건으로 싼 것을 내민다. 손수건을 치우자 면도칼) 이거예요.

기사2   잘 드나?

딸   잘 들어요. 아버지가 매일 아침 갈아둔 거니까요.

기사1   이리 와.

딸   (뒷걸음치며) 싫어요.

기사2   오라구, 와서 (목을 가리키며) 여기를 끊어봐? 아니 (기사1을 가리키며) 저쪽 목도 괜찮고… (기사1에게) 당신 쪽이 끊기 쉬울지도 모르겠네.

기사1   그래? (자기 목을 만져보고) 단, 여기를 할 경우엔, 웬만큼 자신이 없으면 어려울 텐데.

기사2   (딸에게) 너, 한 번도 해본 적이 없나?

딸   없어요.

기사1   그러면 (손목을 가리키며) 여기가 좋아. (딸에게) 여기라면, 단숨에는 죽지 않지만 (목을 가리키며) 여기만큼 어렵지는 않아. 그냥 쓱 이렇게 하면 되니까…

기사2   (기사1에게) 귀 뒤에…, 여기를 베는 방법도 있어. 약간 어렵게 생각되지만 그렇지도 않아. (딸에게) 그러니까, 쑥 이렇게 찌른 다음 이렇게…, 손목을 돌리는 게 요령이야. 그것만 되면…

기사1   손목을 돌리는 게 된다면 눈알을 뽑는 게 낫지. 우선, 그쪽이 더 화려하거든.

기사2   화려한 걸로 따지면 코시.

기사1   코를 어떻게 하는데?

기사2   잘라내는 거지.

기사1   아니야 아니야, 지금 해야 하니까, 좀 더 실제적인… (딸을
        보고 입을 다문다)

        딸, 이야기를 들을 수 없어, 손수건으로 입을 막고, 웅크리고 있다.
        종1과 종2, 멍하니 등장한다.

종1   (딸을 보고) 왜 그래요?

종2   저 아이도 죽이는 겁니까?

기사2   그게 아니라 저 아이가 지금 우릴 죽인다고 해서, 우리가 방
        법을 가르쳐주고 있는 거야.

기사1   (종1에게) 너는 가서 저 아이를 도와줘. 저 아이가 우릴 죽이
        는 걸 말야.

        딸, 말을 못하고 안으로 뛰어 들어간다.

기사2   잡아.

종2   예. (쫓아 들어간다)

종1   왜죠?

기사1   보고 있어. 저놈은 저 아이에게 당할 거야. 저 아이는 손에
        칼을 쥐고 있어. 그것도 잘 갈려 있는 걸…

종1   (깜짝 놀라서 안으로) 어이, 이봐… 어이… (가려고 하는데, 비

82

명)

"안 돼, 그만둬" 하는 딸의 비명과 함께 "으윽" 하는 종2의 소리, 이어서 쓰러지는 소리…

기사2   (종1에게) 가서 보고 와주겠나?

종1, 안으로…

기사1   (일어나서) 별로 이렇다 저렇다 말할 생각은 없지만 말이야, 당신 방법은 항상 농땡이야.

기사2   그럴지도 모르지. 나는 이제, 죽이는 데 진력이 났어. 그러니까, 살아가는 데 말이야… 가끔 그런 생각 안 드나? 어서 우리보다 빠른 놈이 나타나서 우리가 생각하기도 전에 죽여줬으면 하는…

기사1   저기 봐… 풍차가 돌기 시작했어.

기사2   (일어나며) 풍차가? 바람이 불기 시작한 건가?

종1, 나타난다.

기사1   어떻게 됐나?

종1   죽었어요. 목이 찔려서…

기사2 딸은?

종1 없어요, 어디에도…

기사1 도망쳐.

종1 저 말입니까?

기사1 그래.

종1 싫어요.

기사2 그럼, 우릴 죽일 건가?

종1 그것도 싫습니다.

기사1 나한테 죽고 싶은가?

종1 아니, 죽고 싶지 않습니다.

기사2 그럼, 어떻게 할 건가?

종1 거인 브리아레오와 싸우겠습니다.

기사1 거인 브리아레오라는 게 뭐야?

종1 저기 있습니다. 지금 움직이기 시작했습니다.

기사1 저건 풍차야.

종1 아니요, 저건 거인 브리아레오입니다. 마법사 프레스톤이 브리아레오와 싸우는 명예를 내게서 빼앗기 위해 풍차로 모습을 바꿔버린 겁니다. 가라고 해 주십시오. 가서 거인 브리아레오와 싸우고 오라고… (창을 든다)

잠시 사이… 바람 소리…

84

기사1 (오히려 조용히) 가… 가서 거인 브리아레오와 싸우고 와… 그리고 죽어…

종1, 창을 잡고, "이얏" 하고 갑자기 요란한 기합을 넣고, "와-" 하고 외치며 달려간다. 동시에 말발굽 소리가 높게 울리고, "와-" 하는 절규와 함께 점차 멀어진다. 잠시 후 말과 종1이 풍차에 부딪치는 소리가 나고, "캭" 하는 비명이 울리고는 조용해진다. 바람이 분다…

기사1 바보 같은 놈.
기사2 하지만 젊은 바보가 바보같이 죽는 건 좋은 거야. 나이 먹고 분별 있는 놈이 그 분별력으로 살아남는 것도 좋지만…

두 개의 침대를 가린 커튼에 희미하게 등이 켜지고 옷을 갈아입는 딸의 모습이 실루엣으로 투영된다.

기사1 우리의 신부가 우릴 침대에서 맞으려고 준비하고 있군. (천천히 테이블에 다가와 앉는다)
기사2 괜찮지… 나는 이제, 내 분별력에 넌더리가 나… (앉는다) 모험의 여행은 끝났어. 이번에야말로 저 아이가 부르면, 빤히 들여다보이는 계략에 속아서 침대로 들어간다… 그리고 목을 내줘야지.
기사1 그것도 좋지. 하지만 저 아이… 그 다음에 나를 어떻게 할 건지, 그것도 생각해낼까?

기사2 　생각해내겠지… 어쨌거나 저 아인 지금 필사적이야. 그래서 색色으로 우릴 속이겠다는 방법 하나를 생각해낸 거야.

커튼의 등이 꺼진다.

기사1 　불이 꺼졌어. 준비가 된 것 같군. 가서 멍청한 신랑 노릇을 하는 거야.

기사2 　(천천히 일어나며) 긴 여행이었어. 당신도…

기사1 　아아…

기사2, 다가가서 커튼을 휙 젖힌다.

기사2 　……

기사1 　왜 그래?

기사2 　죽었어. 자기 목을 찌르고…

기사1 　……

기사2, 커튼을 천천히 닫고 테이블로 돌아와 의자에 앉는다. 바람 소리…

기사2 　(테이블 위에 남은 치즈를 발견하고) 거기 있는 건 치즈인가?

기사1   아아, 아까 그건데, 먹겠나?

기사2   그러지.

기사1   잠깐… (품에서 꺼내며) 또 하나 있어. (테이블에 놓고) 저 아이한테 두 개 빼앗아서, 의사한테 준 건 버터였으니까… 어느 쪽을 먹을 텐가? (두 개를 나란히 놓는다)

기사2   이걸로 하지. (하나 집는다)

기사1   그럼, 난 이걸로 하지…

두 사람, 종이를 벗기고, 아무렇게나 입에 넣는다. 서로 상대의 상태를 본다.

기사2   아무 일도 없지 않은가…

기사1   아무 일도 없군.

기사2   당신, 뭔가 해둔 거 아니었나?

기사1   난 아무것도 안 했어.

기사2   그럼, 왜 고르라고 했지?

기사1   어쩌면 저 아이가 뭔가 해뒀을지도 모른다고 생각해서…

기사2   그 아이가 그런 짓을 할 리 없지 않은가?

기사1   주전자에 있는 물을 마시고 간호사가 죽었잖아. 그때 난, 컵에 아무것도 넣지 않았어. 그러니까 그땐 이미 들어 있었다구.

기사2, 주전자의 물을 컵에 따른다. 기사2, 또 하나의 컵을 내민다.

기사2, 거기에도 물을 따른다. 두 사람, 그것을 천천히 마신다. 아무렇지도 않다.

기사2   왜 그런 거짓말을 하는 거지?

기사1   왜 그렇게 죽는 걸 서두르나?

기사2   날 죽일 생각이 없군…

기사1   없어.

기사2   왜?

기사1   이제 질렸어.

기사2   죽이는 게 말인가?

기사1   사는 게… 그래서 사는 일에 질리니까 죽이고 싶은 생각도 없어졌어.

바람 소리에 섞여서 멀리서 종소리가 들린다.

기사2   종이 울리고 있어.

기사1   사람이 죽었기 때문이야.

기사2   하지만 우리는 살아 있어.

기사1   어쩔 수 없지.

기사2   언제까지지?

기사1   저쪽에서 올 때까지지.

기사2   뭐가…?

기사1   우릴 죽일 상대가 말이야.

기사2   올까…?

기사1   기다리는 거지…

종소리… 두 사람, 기도하는 것처럼 앉은 채…

기사2   지구가 움직이는 게 느껴지나?

기사1   지구가…?

기사2   그래… 이렇게 가만히 있으면… 이 지구가 천천히 움직이고 있다는 게 느껴진다구.

기사1   음… (확인하고) 느껴지는군.

기사2   지금이, 가을인가…?

기사1   그래, 가을이야.

기사2   그러면 우린 지금, 천천히 겨울 쪽으로 움직이고 있는 거야.

기사1   아아, 겨울 쪽으로 말이지.

기사2   느껴지지…?

기사1   느껴져…

두 사람, 얼어붙은 것처럼 테이블에 마주 앉아 가만히 있는 채로…

암선.

송선호

　1960년대 초 언더그라운드 연극으로 시작해 현재까지도 왕성한 활동을 계속하고 있는 베쓰야쿠 미노루別役實는 일본 연극계에서 손꼽히는 대표 작가이면서 여러 면에서 흥미를 유발하는 개성이 강한 극작가에 속한다. 우선 130여 편에 달하는 작품 수에 놀라지 않을 수 없고, 동화와 수필, 또한 장르 구분이 어려운 다양한 종류의 글을 대하다 보면 삶의 구석구석에서 소재를 끌어내는 능숙함과 사소한 것들을 바라보는 작가의 독특한 시선에 매력을 느끼게 된다. 베쓰야쿠는 특히 범죄에 대해 남다른 관심을 갖고 있는 작가다. 『베쓰야쿠 미노루의 범죄용어 해독사전』이라는 책에서 작가는 일기예보를 통해 내일의 날씨를 예측하듯 범죄현상은 현대사회와 미래를 예측하는 실마리가 될 수 있음을 역설한다. 이번에 소개하는 작품을 포함하여 그의 희곡에 유독 범죄 행위가 많이 다뤄지는 이유가 여기에 있으며, 이러한 경향은 2004년 작 『트랩 스트리트』에서도 엿볼 수 있다.

　베쓰야쿠는 부조리극 계연이 대표 작가로 자리매김을 하고 있지만 근래에 들어 '유머 작가'라는 수식어가 붙을 정도로 코미디 요소가

강한 작품을 선보이고 있다. 최근 한 잡지의 인터뷰에서 부조리란 역시 희극이라 생각하며, '부조리극의 본질이 종국에 다다르면 결국 희극이 된다'라고 언급한 것을 보면 이제 칠순을 바라보는 노작가가 추구하는 것이 어떤 드라마인지를 짐작할 수 있다. '돈 키호테로부터'라는 부제가 붙은『세상을 편력하는 두 기사 이야기諸国を遍歴する二人の騎士の物語』는 18년 전에 쓴 작품이지만 역시 희극적인 요소가 짙게 배어 있는 희곡으로 초기 부조리 계열의 작법에서 현재의 경향으로 오는 중간 지점에 놓인 희곡이다.

일본에서 그다지 자주 공연되지는 않지만 이 희곡의 초연 무대를 기억하는 사람들이 많은 것을 보면 베쓰야쿠의 작품 중에서도 강한 인상을 남긴 작품임에 틀림없다. 우선 일본 신극계의 두 노배우, 미쓰다 겐三津田健과 나카무라 노부오中村伸郎를 위해 썼다는 점에서 조금 색다른 배경과 의미를 지니고 있는 이 작품은 얼핏 보기에 시대도 장소도 알 수 없는 중화된 시공간처럼 보이지만 그 밑바닥에는 일본 사회와 시대 변화에 대한 작가의 인식이 깔려 있는데, 이 점에 대해서는 지난 2월 작가와 직접 만나 확인할 수 있었다. 즉, 메이지

明治 시대의 남성들이 가졌던 기개와 의기가 다이쇼大正, 쇼와昭和를 거치면서 유약하게 변했고, 그로 인해 느끼게 되는 일종의 비애 같은 것이 작품에 스며들었을 것이라고 작자는 회고했다. 이 작품에 등장하는 두 기사의 행동과 의사, 목사 등 현대인들의 행동이 대비되는 것을 보면 작가의 의도 중 하나가 어느 정도 드러난 것으로 볼 수 있다. 옳고 그른 것을 떠나 일단 이 시대와는 조금 동떨어진 인물을 등장시킴으로써 돈 키호테를 '돌아오게' 만든 것이다. 현대 복장을 한 인물들은 그들의 등장에 당혹해할 수밖에 없고, 반대로 돈 키호테 역시 이 시대로 돌아와서는 더 이상 우리가 상상하는 돈 키호테가 아닌 것이다. 자신들은 돈 키호테라고 믿고 평생을 싸워왔지만 세상은 돈 키호테의 꿈을 잃은 지 이미 오래다. 이러한 작가의 인식이 일단 전제로 작용했다고 하겠다.

황당무계한 이 이야기의 줄거리는 간단하다. 황야에 설치된 이동식 여관에 의사와 간호사, 그리고 목사가 찾아온다. 어떻게든 환자를 만들어 본을 별려는 의사와 사람이 죽기만을 기나리는 목사가 사신들의 영업을 위해 손님을 찾아다니는 것이다. 역시 한곳에 머물지 않고 이동하면서 숙박업을 하는 여관 주인은 항상 손님보다 먼저 찾아와 장사를 방해하는 이들을 달가와하지 않는다. 잠시 후 여관집 딸이 양산을 쓰고 '즐거운 나의 집'을 부르며 등장해서 손님들이 오고 있음을 알린다. 너절한 옷차림에 걷기조차 힘든, 늙은 기사 둘과 종들이 여관집 딸의 노랫소리에 이끌려 여관을 찾아온 것이다. 그들은 도착하자마자 컵에 독을 넣어 간호사를 죽이고, 다른 사람들 몫의 음식까지 모두 먹어치운다. 이어서 마치 경쟁하듯 교묘한 방법으로 여관집 주인을 살해하고 결투를 벌이지만 결투다운 결투도 아니며 자신들이 누구와 어디서 싸우고 왔는지조차 모른다. 치료를 해주고 약을 팔려는 의사와 살려달라고 애원하는 목사를 잔인하게 살해하고, 늙은 종마저 여관집 딸의 손에 의해 죽게 만든다. 그때 풍차가 돌기 시작한다. 젊은 종은 도망치라는 기사의 마지막 배려를 뿌리치고 거인 브리아레오와 싸우겠다며 풍차에 돌진해 죽는다. 이제 사는 일에 질렸다는 기사들은 긴 여행을 끝내고 여관집 딸의 손에 죽기를 바라지만 궁지에 몰린 딸은 스스로 자살하고 만다. 종소리가 울리는 황야에 두 기사, 아니 두 노인이 앉아 있다. 죽이는 일에 지친 그들은 서로가 서로를 죽이지 못하고, 자신들을 죽여줄 누군가가 와주길 기다린다. 시간은 서서히 겨울 쪽으로 가고 있다. 종소리가 울리고 두 사람은 얼어붙은 것처럼 앉아 있다.

간단히 말하면 유머와 잔혹함이 뒤섞인 베쓰야쿠식의 희곡이다. 일반적인 스토리텔링이나 갈등구조는 찾아볼 수 없다. 가장 연극적인 방식으로 인간을 드러내고자 하는 그의 태도가 그대로 드러나는 희곡이라 할 수 있다. 연보를 통해 쉽게 알 수 있듯이 이 작가는 익히 알려진 기존의 동화나 소설, 또는 노래 등을 소재로 그만의 독특한 해석에 근거한 희곡 쓰기를 시도해왔다. 이 작품 역시 '돈 키호테'를 모티브로 사용했지만 우리가 알고 있는 '돈 키호테'와는 거리가 멀다. 먼저 돈 키호테가 둘이다. 그것을 분열된 것으로 읽든 아니면 무한의 복수화에 대한 암시로 읽든, 어쨌거나 이는 기존의 돈 키호테가 존재하지 않음을 말한다. 풍차로 돌진하는 것은 돈 키호테가 아니라 사리판단과 분별력이 모자란 산초이고, 애마 로시난테는 이미 먹어버렸다. 원작 『돈 키호테』의 제1권 제1편을 보면 돈 키호테의 이상이 무엇인지 잘 알 수 있다. 그는 세상을 편력하고 모험을 즐

기면서 세상의 악행과 맞서 싸우고, 온갖 시련을 훌륭히 극복한 후 명성을 길이 남김과 동시에 명예를 얻고자 한다. 이러한 돈 키호테가 존재하기 위해서는 일단 선악이 분명하게 구별되어야 하는데 불행히도 현대는 그 구별이 모호한 시대다. 이 작품에서 돈 키호테라고 생각되는 기사들은 정의의 실현을 위해서가 아니라 오직 죽지 않기 위해 먼저 죽이면서 살아왔다. 행동의 뚜렷한 목표가 없으므로 반복이 있을 뿐이다. 여기서 우리들이 갖고 있던 돈 키호테라는 인물에 대한 꿈은 여지없이 무너지는 것이다. 작가가 번역 출판과 한국 공연에 맞춰 보내온 글에서 이 작품을 '돈 키호테에 대한 진혼곡'이라고 언급한 것을 보면 그 의도를 쉽게 읽을 수 있다.

이렇듯 상황 자체가 이미 부조리성을 느끼게 해주는 작품인데, 거기에 머물지 않고 작가는 곳곳에 베케트Samuel Beckett(1906~1989, 아일랜드 극작가 · 소설가)를 연상시키는 대사와 분위기를 배치해 놓았다. 기사들와 종들의 관계 속에서 엉뚱하게도 포조와 럭키를 연상하게 되고, 제2장에서 둘만 남은 종들이 벌이는 행위는 블라디미르와 에스트라공의 그것과 흡사하다. 특히 마지막 장면에서의 '기다림'은

『고도를 기다리며En attendant Godot』를 의도적으로 차용했다고 볼수밖에 없다. 하지만 그 '기다림' 속 인간 존재와 그 한계에 대한 체념과 깊은 연민이 담겨 있기 때문에 부조리극과는 사뭇 다른 분위기를 자아낸다. 이는 앞서 언급한 것처럼 부조리극에서 벗어나 자신만의 희극을 추구하고자 하는 작가의 바람과 맥이 통한다고 볼 수 있다.

  무대 설정과 문체 면에서 이 작품은 베쓰야쿠의 기존 방식에서 크게 벗어나 있지 않다. 황야는 추상적 공간일 뿐 실제의 황야가 아니다. 구체적으로 어디인지는 알 수 없지만, 단지 살벌한 현대 사회를 상징하고 있는 것만은 분명하다. 간단한 대·소도구와 나무 한 그루가 서 있는 무대에 사람들이 등장한다. 망토를 걸친 기사와 현대 옷을 입은 사람들이 한 공간에서 만나고, 나무 한 그루 이외에 모든 것들은 뿌리내려 정착하지 못하고 부유한다. 멀리서 바람 소리와 교회 종소리가 들려오고, 우산과 양산이 동시에 나타나는 음산한 공간이다. 모든 사건은 오로지 이 연극만의 논리 속에서 진행된다. 인물의 행동 역시 제한된 연극적 실성 속에서만 논디성을 깆는디. 첨가히게 '연극적인 연극'인 셈이다. 번역본에서 충분히 그 맛을 살릴 수는 없었지만 문체 역시 일반적이지 않으면서 유머가 담겨 있는 베쓰야쿠식의 전형이다. 기묘한 상황 속에서 이어지는 간결하면서도 템포감 있는 대사가 듣는 사람들의 사고와 웃음을 유발하는 것이다.

특히 착상이 돋보이는 이 희곡은 서양의 부조리극을 적극적으로 수용한 일본의 작가가 어떻게 그것을 일본식으로 소화했는가를 탐색하게 해준다는 점에서 소개하는 의미를 찾을 수 있겠다. 서구 희곡의 동양적 수용은 시기를 막론하고 근본적인 제약이 있을 수밖에 없었다. 부조리극 역시 실존 철학과 기독교적 세계관을 전제로 하지 않으면 이해하기 어렵다. 서양의 부조리극이 관념적인 이해의 차원에서 수용될 수밖에 없었던 이유 역시 그것들이 한국과 일본 사회가 경험하지 못한 서구의 역사와 현실에 대한 인식에서 출발한 것이기 때문이다. 베쓰야쿠는 일본의 현대사회를 묘사하는 방법으로 이러한 부조리극을 채택하여 일본적인 연극으로 체화한 극작가이다. 이 작가의 여타 작품에서 만약 우리가 서양의 부조리와는 다른 구체적 실감을 조금이라도 얻는다면 아마도 이런 이유 때문일 것이다. 『세상을 편력하는 두 기사 이야기』 역시 인간을 둘러싸고 움직이는 거

역할 수 없는 힘에 대한 인식이 작품 전체에 깔려 있다는 점에서 같은 동양권의 작가라는 사실을 새삼 확인하게 해준다.

희극과 부조리극의 차이는 인간 존재에 대한 궁극적인 질문에 답할 수 있느냐 없느냐에 있다고 본다. 현대에 와서 완전한 희극은 존재하기 어렵다고 보지만, 어쨌든 연극을 보면서 유쾌하게 웃을 수 있는 이유는 모든 문제의 원인을 알고 있기 때문이다. 부조리한 상황 역시 당연히 웃음을 유발한다. 하지만 웃으면서도 무거움을 느끼는 것은 아마도 해답이 없다는 상황에 대한 절망적인 인식 때문일 것이다. 베쓰야쿠 씨가 노년에 이르면서 희극을 쓰고 싶다고 하는 것은 어쩌면 인생과 연극에 대한 원숙한 경지에 이른 노작가로서 당연한 귀결인지 모른다. '더 이상 부조리도 없다'고 말하는 것 역시 같은 맥락에서 이해될 수 있다.

세상을 편력하는 두 기사 이야기

오자사 요시오大笹吉雄 | 평론가, 오사카大阪 예술대학 교수

'돈 키호테로부터'라는 부제가 붙은 『세상을 편력하는 두 기사 이야기』(베쓰야쿠 미노루別役実 작, 기시다 료지岸田良二 연출)가 시부야澁谷 파르코 스페이스 파트3에서 공연되었다. 첫인상은 마치 서양의 명화名畵-예를 들면 렘브란트의 그림-를 보는 것 같았다.

이 무대는 85세의 분가쿠자文學座 배우 미쓰다 겐三津田健과 79세의 연극집단 엔円 소속 나카무라 노부오中村伸郎가 25년 만에 만나서 베쓰야쿠의 신작을 공연한다는 것 때문에 크게 화제가 되었는데, 이 트리오는 기대에 어긋나지 않게 실로 훌륭한 성과를 올렸다. 최근에 보기 드문 좋은 기획이면서 동시에 묵직한 감흥을 느끼게 해주는 명작이었다.

두 노배우의 재회에 기사 이야기를 안겨준다는 것은 정말 그럴듯한 착상이었다. 베쓰야쿠 미노루의 능숙한 감각에 다시 한 번 놀라지 않을 수 없었다. 그리고 이 성과의 배경에 세 사람의 각기 다른 '서양 체험'이 있다는 것을, 어떤 삼회를 느끼면서 받아들이지 않을 수 없었다. 즉, 베쓰야쿠는 알려진 바대로 베케트의 영향을 받은 극작가이고, 미쓰다와 나카무라는 그들의 대표작인 『시라노 드 베르주 라크』(프랑스 극작가 E. 로스탕의 5막 운문희곡)와 이오네스코(루마니아 태생의 프랑스 전위극작가)의 『수업』을 통해 서양 연극을 경험한 배우 들이다.

십중팔구 이러한 체험이 없었다면 이 무대는 만들어질 수 없었을 것이며, 이러한 토양 위에 꽃을 피운 것이 마치 서양 명화와 같은 '기사'의 존재감인 것이다. 그런 의미에서 말하자면 『세상을 편력하 는 두 기사 이야기』는 크게 봤을 때 신극新劇의 전통이 낳은 것이며, 이에 관해서는 깊이 고민해야만 할 문제가 있다고 생각한다. 왜냐하 면 현재 신극은 거의 쇠퇴하고 있는데도 그에 대해 많은 사람들이 별 느낌이 없는 듯하기 때문이다.

신극의 전통을 한마디로 설명하기는 어렵지만, 쉽게 말하자면 이 번 무대에서 본 미쓰다 겐의 얼굴이며, 나카무라 노부오의 용모라고 할 수 있다. 이것은 몇 십 년에 걸쳐 신극이 낳은 것으로 가부키歌舞 伎나 신파新派에서는 생성될 수 없는 것이다. 그런 '얼굴'이 베쓰야 쿠라는 새로운 재능과 만났을 때 과연 어느 정도 힘 있는 불꽃을 튀

길 수 있을까. 이번 무대가 그 실례였다는 데에 생각이 이르면 신극이 소멸해가는 것에 대해 어떤 논의가 이루어져야 한다고 생각한다. 하지만 그 문제는 제쳐두고, 지금 당장이라도 쓰러져 죽을 것 같은, 시대에 뒤진 두 기사가 '죽이지 않으면 죽기 때문에'라는 신념하에 차례로 사람들을 죽여나가는 이 이야기를 지탱하고 있는 것은, 의심할 여지도 없이 베쓰야쿠의 시대에 대한 위기감이다. 다 먹어치우고, 많은 사람을 죽인 후 두 사람은 짙은 어둠 속에서 다음과 같은 대화를 주고받는다.

"지금은, 가을인가?"

"그래, 가을이야."

"그러면 우리는 지금 천천히 겨울 쪽으로 움직이고 있는 거네…"

노배우의 입에서 나오는 이러한 대사를 들으면서 나는 등 뒤가 서늘해지는 걸 느꼈다. 그야말로 '잔혹'한 드라마였다.

—『국문학國文學』1987년 12월호 게재

세이넨자 창립 50주년 기념 공연 사진(2004년 11월)
———

제공 세이넨자青年座
사진 마노 요시키眞野芳喜

기사2(모리쓰카 빈森塚敏), 기사1(유아사 마코토湯淺実)
이동식 간이 숙박업소에서 두 기사가 대면한다.

이쪽을 향해 오는 종2를 바라보는 사람들

기사2 걱정하지 않아도 돼. 단말마라는 거야. 그러니까, 인간이라는 건 죽기 전에 조금
       움직여 보고 싶어지는 거야. 살아 있는 게 아냐. 그냥, 움직이고 있을 뿐이니까…

닥치는 대로 음식을 먹어치우는 기사들

기사2 …사랑이… 이렇게 휜 거야.

기사1 사랑이 휘나?

기사2 바람의 방향에 따라서는…

베쓰야쿠 미노루 연보

1937 만주국 특별시에서 태어남.

1958 와세다 대학 정경학부 정치학과 입학.

1961 『A와 B, 그리고 한 여자AとBと一人の女』

스즈키 다다시鈴木忠志, 오노 히로시小野碩 등과 신극단자유무
대新劇團自由舞臺 결성.

1962 『코끼리象』

1966 『문門』

『추락한 천사墮天使』

『성냥팔이 소녀マッチ賣りの少女』

1967 『캥거루カンガルー』

『빨간 새가 있는 풍경赤い鳥の居る風景』

『맥시밀리언 박사의 미소マクシミリアン博士の微笑』

『성냥팔이 소녀』와 『빨간 새가 있는 풍경』으로 제13회 기시다岸田
희곡상을 수상.

무대창조 방법상의 차이로 와세다 소극장을 떠남.

1968   『또 다른 이야기ある別な話』

1970   『스파이 이야기スパイものがたり』

           『고물차와 5명의 신사ポンコツ車と五人の紳士』

           『이상한 나라의 앨리스不思議の國のアリス』

           『아이 엠 앨리스アイ.アム.アリス』

           『노란 파라솔과 검은 박쥐양산黃色いパラソルと黑いコーモリ傘』

           『도시와 비행선街と飛行船』

           제5회 기노쿠니야紀伊國屋 연극상 수상.

1971   『살랑살랑 족族의 반란そよそよ族の叛亂』

1972   『맥貘 또는 단식예인貘, もしくは斷食藝人』

           『파란 말靑い馬』

           제22회 예술권장문부대신 신인상 수상.

1973   『이동移動』

           『바다와 토끼海とうさぎ』

1974   『의자와 전설椅子と傳說』

           『숫자로 쓴 이야기數字で書かれた物語』

           『시체가 있는 풍경死體のある風景』

1975   『정오의 전설正午の傳說』

1976   『부서진 풍경壞れた風景』

           『끓었다, 익었다あ―ぶくたった, にいたった』

           『버스 정류장이 있는 풍경バス停のある風景』

           『니시무쿠 사무라이二四六九士』

『장소와 추억場所と思い出』

1978 　『바다로 가면 물에 잠긴 시체海ゆかば水漬く屍』

　　　『집 한 칸, 나무 한 그루, 아들 하나一軒の家, 一本の樹, 一人の
息子』

　　　『춤춰라 달팽이舞え舞えかたつむり』

　　　『천재 바카본의 아빠야天才バカボンのパパなのだ』

　　　제5회 테아트르 연극상 수상.

1979 　『벌레들의 날虫たちの日』

　　　『작은 집과 5명의 신사小さな家と五人の紳士』

　　　『마더 마더 마더マザー, マザー, マザー』

　　　『천신의 골목길天神さまのほそみち』

1980 　『나무에 꽃이 피고木に花さく』

　　　『접수처受付』

　　　『붉은 엘레지赤色エレジー』

　　　『분위기 있는 시체雰圍氣のある死體』

1981 　『그 사람이 아니에요その人ではありません』

　　　『벌레 이름 열거하기/또 다른 이야기虫づくし/ある別な話』

　　　『병病氣』

1982 　『회의會議』

　　　『다리가 있는 시체足のある死體』

　　　『다로의 지붕에 눈이 쌓이고太郎の屋根に雪降りつむ』

　　　『그리고 모두 사라졌다そして誰もいなくなった』

1983 『뒤에 있는 사람 누구うしろの正面だあれ』

『별의 시간星の時間』

『메리 씨의 양メリーさんの羊』

1984 『잠들면 안 되는 자장가眠っちゃいけない子守唄』

『길모퉁이의 사건街角の事件』

『하이킹ハイキング』

『이상한 나라의 앨리스, 모자 장수의 티타임不思議の國のアリス
の帽子屋さんのお茶の會』

아동복지문학상, 사이다 다다오齋田喬 상, 동경도 우수아동연극
선정 우수상 수상.

1985 『창문을 열면 항구가 보인다窓を開ければ港が見える』

『방部屋』

『올챙이는 개구리 새끼おたまじゃくしはかえるの子』

『저녁 하늘 개고夕空はれて』

1986 『탕파湯婆를 가진 탈옥수湯たんぽを持った脱獄囚』

『시라세 중위의 남극 탐험白瀬中尉の南極探險』

『샐러드 살인사건さらだ殺人事件』

『빨간 모자의 숲, 늑대들의 크리스마스赤ずきんちゃんの森の狼
たちのクリスマス』

1987 『아버지를 향한 조반니의 여행ジョバンニの父への旅』

『화장실은 이쪽トイレはこちら』

『별의 도시 이야기星の街のものがたり』

『후나야ふなや』

『세상을 편력하는 두 기사 이야기諸国を遍歴する二人の騎士の物語』

예술권장문부대신상, 요미우리讀賣 문학상 수상.

1988 『다 됐니-, 아직-도も ―いいかい, まーだだよ』

『저쪽 거리의 오이나리 상向う横町のお稲荷さん』

『모래 장난すなあそび』

『복숭아에서 나온 모모타로ももからうまれたももたろう』

『알 속의 백설공주卵の中の白雪姫』

『오징어 지우개いかけしごむ』

『빨간 달アカイツキ』

『푸른 수염 사내와 마지막 신부青ひげと最後の花嫁』

『드라큘라 백작의 가을ドラキュラ伯爵の秋』

1990 『잠자는 숲 속의 미녀眠れる森の美女』

『초대되지 않은 손님招待されなかった客』

『들고양이에게 온 편지-이하토보 전설山猫からの手紙-イーハトーボ傳説』

『노래하는 신데렐라歌うシンデレラ』

1991 『잘 수 있어요寝られます』

『고양이를 밟았네猫ふんじゃった』

1992 『투명한 수채화とうめいなすいさいが』

『죽음 같은 죽음死のような死』

『우리 스승, 우리 동네わが師, わが町』

『바짝 마른 날씨와 5명의 신사カラカラ天氣と五人の紳士』

1993 『봄, 여름, 가을, 겨울はる, なつ, あき, ふゆ』

『마녀의 고양이 찾기魔女の猫探し』

『창문에서 밖을 보고 있다窓から外を見ている』

『바람을 맞으며 돈키호테風に吹かれてドン・キホーテ』

『분홍색 코끼리와 5명의 신사ピンクの象と五人の紳士』

『사라져라 로라消えなさいローラ』

『숲에서 온 카니발森から來たカーニバル』

『코鼻』

1995 『바람 속의 도시風の中の街』

『6월의 전화六月の電話』

『이 길은 언젠가 왔던 길この道はいつか來た道』

『병아리雛』

『고양이, 컨설턴트ねこ, こんさるたんと』

1996 『유원지의 사상遊園地の思想』

『크람본은 웃었다クラムボンは笑った』

1997 『비단 허리띠를 매면서金襴緞子の帶しめながら』

『화창한 봄날의 스미다 강春のうらら의隅田川』

『또 한 사람의 사육사もうひとりの飼主』

『데려가줘 피터팬さらっていってよピーターパン』

『하늘에서 비가 내리면雨が空から降れば』

112

효고兵庫 현 문화상 수상.

1998 『나다니다 보면 횡재를 할 수도 있다いぬもあるけばぼうにあたる』

『달과 알月と卵』

『들고양이 이발소山猫理髪店』

『점이 있는 왼쪽 다리ホクロのある左足』

『돌아온 피노키오歸ってきたピノッキオ』

제39회 마이니치毎日 예술상 특별상 수상.

제32회 기노쿠니야 연극상 단체상 수상.

일본 극작가협회 회장 취임

1999 『고양이 동네猫町』

『십육야 일기十六夜日記』

2000 『푸른 하늘, 배추흰나비青空, もんしろちょう』

『최후의 만찬最後の晩餐』

『소꿉놀이おままごと』

2001 『티끌도 모으면ちりもつもれば』

『당대풍 음력 오월 이야기當世風雨月物語』

2002 『선녀의 옷はごろも』

『아차라카 재탄생アチャラカ再誕生』

『사과나무 밑에서りんりんりんごの木の下で』

2003 『억지가 통하면むりがとおれば』

『일어서면 작약, 앉으면 모란たてばしゃくやく, すわればぼたん』

효고兵庫 현, 피콜로 극단 대표 취임.

세상을 편력하는 두 기사 이야기

1판 1쇄 인쇄 2005년 3월 21일
1판 1쇄 발행 2005년 3월 25일

지은이 베쓰야쿠 미노루 옮긴이 송선호
펴낸이 서정돈 펴낸곳 성균관대학교 출판부
편집 전수련 디자인 강민주 마케팅 현상철 관리 김지현

등록 1975년 5월 21일 제 1975-9호
주소 110-745 서울특별시 종로구 명륜동 3가 53
전화 02)760-1252~4 팩스 02)762-7452
홈페이지 www7.skku.ac.kr/skkupress

값 6,500원

ISBN 89-7986-615-1 04830

잘못된 책은 구입한 곳에서 교환해 드립니다.